# Marc von Midgard

# Dämonen der Jugend

### Wunden, die die Zeit nicht heilt

Herz ... ... ein Liebesdrama

Nach einer wahren Begebenheit ...

# Ihre Zufriedenheit ist unser Ziel!

Liebe Leser, liebe Leserinnen,

zunächst möchten wir uns herzlich bei Ihnen dafür bedanken, dass Sie dieses Buch erworben haben. Wir sind ein kleines Familienunternehmen aus Duisburg und freuen uns riesig über jeden einzelnen Verkauf!

Wir sind bestrebt, jedes unserer Bücher für Sie zu einem ganz besonderen Leseerlebnis zu machen. Daher liegt uns Ihre Meinung ganz besonders am Herzen!

Wir freuen uns über Ihr Feedback zu unserem Buch. Haben Sie Anmerkungen? Kritik? Bitte lassen Sie es uns wissen. Ihre Rückmeldung ist wertvoll für uns, damit wir in Zukunft noch bessere Bücher für Sie machen können.

Schreiben Sie uns: info@ek2-publishing.com

Nun wünschen wir Ihnen ein angenehmes Leseerlebnis!

*Jill & Moni*
*von*
*EK-2 Publishing*

# Ein böses Jahr



Gemütlich sitze ich hier auf der Couch; meine Frau ist bei Freundinnen, unsere Tochter im Bett.

Neben mir mein Handy, vor mir eine Flasche Rotwein, trocken und schwer, so wie ich ihn mag. Kopfhörer auf, es läuft Musik. Eigentlich ein entspannter Sommerabend im Jahre 2020.

Corona ist allgegenwärtig. Ausgangsbeschränkungen, Maskenpflicht. Weltweit sterben in diesen Tagen tausende Menschen. Das Leben, wie wir es kannten, ist zumindest für den Moment auf den Kopf gestellt.

Kurzarbeit, Arbeitslosigkeit, gerade in der Gastronomie sind vier Monate nach Pandemieausbruch viele Existenzen bedroht.

Aber mir geht es gut, eigentlich bin ich glücklich. Eigentlich.

Ich konnte in den letzten beiden Monaten im Gegensatz zu vielen anderen Überstunden machen, Geld für den bevorstehenden Umzug ansparen. Musste sogar meinen Urlaub verschieben, weil ich auf der Arbeit gebraucht wurde.

Mir geht es gut, ich bin glücklich. Eigentlich.

Meine Playlist läuft, das Übliche: Rock, Metal, Gothik, Dark Wave, meine Musik eben. Dabei auch Titel wie *Who wants to live forever* von Queen oder *Wenn eine Hoffnung stirbt* von Peter Maffay. Warum ich diese Musik höre? Weil ich sie mag. Von jemandem, der im Kindergarten schon ACDC und Falco gehört hat, darf wohl auch nichts anderes erwartet werden.

Wann an diesem Abend die erste Träne über meine Wange rollte, kann ich nicht mehr sagen, aber es war nicht die einzige. Kurz gesagt, so jämmerlich geheult habe ich schon lange nicht mehr. Vermutlich nicht mehr, seit ich ein Kind war. Ja, als Kind bestimmt. Damals noch viel mehr …

Aber nein, meine Welt ist in Ordnung, meine Frau und ich sind berufstätig, verdienen genug zum Leben, nicht nur zum Überleben; wir gehören zur Mittelschicht.

Meine Tochter aus erster Ehe hat ihr Abitur bestanden, mein Sohn endlich die Kurve bekommen und strengt sich in der Schule an, schreibt gute Noten, hat mit 16 endlich ein grobes Ziel, eine Vorstellung, was aus ihm werden soll.

Unsere gemeinsame Tochter ist eine typische Dreizehnjährige … na ja, für die heutige Zeit eigentlich recht harmlos, normal und gut in der Schule. Im Grunde kann ich auf sie nur stolz sein.

Einziger Wermutstropfen ist, dass die Große noch keinen Ausbildungsplatz gefunden hat. Aber gut, vielleicht erfüllt sie sich auch ihren Traum und beginnt ein Studium. Wer weiß, was noch alles kommt und wofür es gut sein wird.

Meinen Jüngsten habe ich zwar seit 2012 nicht mehr gesehen, aber auch damit kann ich umgehen. Es ist schade und traurig – nicht das, was ich mir vorgestellt habe. Aber auch er wird älter und so bleibt mir wenigstens die Hoffnung, dass er sich irgendwann einmal bei mir meldet und ich ihm meine Sicht auf die Dinge darlegen kann.

Nein, meine Welt ist in Ordnung. Wäre da nicht dieser eine Tag in meinem Leben … jener Tag, an dem ich meinen Glauben verlor, jener Tag, an dem sich alles änderte. Es ist jener Tag, an dem ich zu dem werden sollte, der ich heute bin. Dieser 31.12.1986, den ich jahrzehntelang erfolglos zu verdrängen versuchte … von dem ich mir bis heute wünschte, es hätte ihn nie gegeben. Vor dem ich feige weglief, nicht, weil ich im Allgemeinen feige bin, sondern vielmehr, weil ich all die Jahre nicht wusste, wie ich damit umgehen, es ertragen sollte. Weil ich daran zerbrochen wäre, hätte ich auch nur einen Gedanken oder eine Gefühlsregung zugelassen.

Die Frage, die sich unweigerlich stellt: Was hätte sich für mein gegenwärtiges Ich geändert, wenn all das nie geschehen wäre? Aber es bleiben Spekulationen, denen ich eigentlich nicht weiter nachgehen möchte. Es ist nun mal geschehen, es lässt sich nicht ändern, damals nicht und heute erst recht nicht. Egal, wie schrecklich und unvorstellbar es war. Und für mich noch bis heute ist.

Wie Peter Heppner in einem seiner Lieder singt: *Es gibt keinen Weg zurück.*

Was passiert ist, wissen viele … na ja, einige. In einer deutschen Großstadt der Achtzigerjahre werden viele davon in der Zeitung gelesen haben. Einige werden es als traurig oder als tragisch empfunden haben. Einige werden es schulterzuckend zur Kenntnis genommen haben. Aber die meisten werden es wieder vergessen haben. Selbst das Internet, das nie vergisst, scheint davon noch nie gehört zu haben. Die, die es noch wissen, werden nicht mehr daran denken; sie werden höchstens auf Nachfrage davon erzählen – ihre Sicht auf die Dinge, verwässert durch die verblassende Erinnerung. Aber im Gegensatz zu meinem, hat es ihr Leben nicht beeinflusst. Nicht so sehr, nicht auf diese Art.

Einige werden es eine Tragödie genannt haben, und es war eine. Aber niemand von ihnen wird sich ausmalen können, was für eine einschneidende Tragödie es für einen gewissen achtjährigen Jungen war. Eine solche Tragödie, das ihm nach all den Jahren – 34 an der Zahl – beim Gedanken daran immer noch die Tränen kommen.

Selbst meinen Eltern wird es bis heute nicht bewusst sein.

Dass es für mich eine erschütternde Erfahrung war, ja, das merkte meine Mutter damals sehr wohl, oder meine Oma hat es ihr erklärt. Ihr nämlich musste die Tragweite jenes Tages sofort bewusst gewesen sein; immerhin kannte sie mich wie niemand sonst. Ich meine, wenn ich an den Vormittag des 31.12.1986 zurückdenke, mich erinnern zu können, wie ich im Wohnzimmer am Fenster stand, direkt nachdem meine Mutter und meine Oma mir die Nachricht überbracht hatten. Meine Oma musste wissen, was das in mir auslöste, denn sie war extra zu uns nach oben gekommen, um meine Mutter und mich damit nicht allein zu lassen.

Ich stand also mit einem kleinen Silvestergeschenk meiner Oma in den Händen – einem Töpfchen mit einer Schornsteinfegerfigur, aus der Glücksklee wuchs – am Wohnzimmerfenster, blickte über die Dächer hinweg in Richtung des Ortes des Geschehens. Ich stellte fest, dass ich nichts Außergewöhnliches sehen konnte; alles schien wie immer zu sein. Ich wünschte mir in diesem Moment nichts mehr, als dass alles nur ein schlechter Scherz war, ein Albtraum, aus dem ich gleich aufwachen würde.

Ich stellte mir vor, dass alles, was ich soeben gehört hatte, doch nicht zutraf, und spätestens nach den Ferien alles wieder in Ordnung sein würde. Ich sehnte mir nie mehr im

Leben das Ende der Ferien so sehr herbei wie in diesem Moment. Damit alles wieder gut sein würde, obwohl ich genau wusste, dass es kein schlechter Scherz, kein Albtraum war. Ich meine mich erinnern zu können, wie meine Oma meine Mutter darauf hinwies, dass es für mich schwerer sein würde als für alle anderen, dass sie mich heute ganz liebhaben solle, nicht schimpfen solle, egal was noch kommen werde, dass ich Hilfe brauche, dies nicht alleine bewältigen könne.

# Kein Schatten ohne Licht

Es war das Ruhrgebiet der Achtziger. Einerseits das Sterben der Zechen und der Schwerindustrie, andererseits eine Zeit des Neuen, des Umbruchs. Der Beginn einer neuen, *besseren* Zukunft. Das Jahr 2000 war nicht mehr weit, ebenso die Vorstellungen von Hightech und fliegenden Autos. Es war *im Grunde* eine schöne Zeit, ohne Verzicht, ohne Not. Der Kalte Krieg schwelte vor sich hin, erschien zumindest uns Kindern aber nicht mehr sonderlich bedrohlich. Das Jahr 1986 begann zwar mit einem tragischen Ereignis, von dem ich aus dem Fernsehen erfuhr. So wollte mir mein Opa am 28. Januar etwas für mich Interessantes zeigen, ein besonderes Ereignis. So interessant, dass selbst die deutschen Sender darüber live berichteten. Und so kam es dazu, dass ich mit zarten sieben Jahren die Challenger-Katastrophe live im Fernsehen verfolgte. Es war schrecklich anzusehen, tieftraurig, aber solche Dinge geschehen nun mal. Ich sah die Explosion, die große weiße Rauchwolke, begriff, dass hier etwas nicht stimmte, aber ich wartete Minuten lang, um die Rakete wiederzusehen. Selbst, als klar wurde, dass es ein Unglück gegeben hatte, wartete ich noch darauf, dass das Cockpit an Fallschirmen zu Boden gleiten würde, so wie ich es schon von Raumkapseln gesehen hatte, bis ich begriff, dass da keine Fallschirme waren und dass es für die Besatzung kein glückliches Ende geben würde. Bilder, die sich in mein Hirn eingebrannt haben.

Die Katastrophe von Tschernobyl am 26. April des Jahres 1986 machte uns Angst, sehr sogar. Aber zum Ende des

Jahres war sie nicht mehr so präsent, war zumindest bei uns Kindern fast in Vergessenheit geraten. Zwar versuchte der Kreml anfangs noch, das Unglück zu vertuschen, aber dank der schwedischen Behörden erfuhren wir schließlich doch von dem Unglück. Im schwedischen Kernkraftwerk Forsmark wurde nämlich am 28. April 1986 aufgrund erhöhter Radioaktivität auf dem Gelände automatisch Alarm ausgelöst und so suchten die Schweden nun erst einmal verzweifelt in ihrer eigenen Anlage nach Lecks, konnten aber nichts finden. Sie stellten letztlich fest, dass die Strahlung aus Richtung der Ukraine kam.

Es musste gerade für die Erwachsenen ein enormer Schlag gewesen sein, als die Nachrichten darüber berichteten. Für uns Kinder war es nur halb so schlimm, denn wir begriffen nicht, was es bedeutete, ließen uns eher von der Angst der Erwachsenen ein wenig anstecken, vergaßen die Sorgen und Ängste aber genauso schnell wieder. Ich für meinen Teil fand die ganze Sache eher spannend als beängstigend und so verfolgte ich in den nächsten Tagen und Wochen die Nachrichten aufmerksamer als zuvor. Dass wir kein Obst und Gemüse aus dem heimischen Garten mehr essen sollten, störte mich noch am wenigsten, denn erstens hatten wir keinen Garten und zweitens mochte ich weder Obst noch Gemüse. Was mir sauer aufstieß, war das Verbot, Spielplätze zu betreten, denn dort waren wir häufig – Kinder gehören nun mal auch auf einen Spielplatz. Mir war aber klar, dass ich mich davon nicht unterkriegen lassen würde. Alle Spielplätze lagen weit genug von unserer Wohnung entfernt, so dass meine Eltern mich dort nicht sehen würden. Und wenn doch, hagelte es halt Ärger. Das ging auch wieder vorbei.

Ja, ich hatte trotz allem eine schöne Kindheit. Zumindest bis zu jenem Tag am Ende des Jahres 1986.

# Der kleine Prinz

Geboren und aufgewachsen war ich in einer typischen Großstadt im westlichen Ruhrgebiet als erstgeborener Sohn eines Maurers, der bei Thyssen als Facharbeiter arbeitete, und einer Mutter, die nach ihrer Ausbildung zur Frisörin für meine Schwester und mich zuhause blieb. Ja, damals war das nicht nur möglich, sondern der Normalfall. Kam mir jedenfalls normal vor. Ich hatte zwei Wellensittiche und einen kleinen Hund; mein Zimmer quoll über vor Spielzeug und Stofftieren.

Vor allem meine beiden Großväter erachteten mich als ihr *kleiner Prinz*, dementsprechend verwöhnt war ich. Uns fehlte es an nichts und ich bekam in der Regel, wonach mir war.

Ich besuchte einen katholischen Kindergarten. Meine frühsten Erinnerungen stammen aus dieser Zeit. Ich war vielleicht ein etwas komisches Kind, da mich sehr früh logische Konzepte interessierten. So geriet ich mit einem Jungen in Streit, der ein Auto aus Duplo-Steinen baute, indem er die Bausteine höher und höher auf den bereiften Unterboden aufstapelte, so dass das Fahrzeug beim leisesten Windstoß umkippen musste und nie und nimmer eine Kurve schaffen würde. Das machte mich wahnsinnig. Wir stritten uns und bekamen Ärger.

Ich erinnere mich auch noch an Malik[1], einen Rüpel, vor dem alle Angst hatten. Wir waren einmal im Nebenraum, als er gerufen wurde und mich beinahe umrannte. Er

---

[1] Alle Namen wurden geändert

drehte sich zu mir um und entschuldigte sich mehrfach bei mir, ehe er seinen Weg fortsetzte. Es musste etwas Schreckliches passiert sein, denn er wurde kurz darauf abgeholt und war, wenn ich mich recht erinnere, in den folgenden Tagen nicht im Kindergarten.

Auch an Sabrina entsinne ich mich. Ihr Vater war bei der Feuerwehr und mähte bei uns im Kindergarten den Rasen. Noch in der Grundschule hielt Sabrina mir jahrelang vor, dass ich sie im Kindergarten in den Arm gebissen hätte. Ob es tatsächlich sie gewesen war, kann ich nicht mehr sagen, aber ja, ich erinnere mich, dass mir mal jemand im Nebenraum von hinten den Arm um den Hals legte und mich würgte, warum auch immer. Ich erinnere mich weiter, den Arm plötzlich vor dem Gesicht gehabt und reingebissen zu haben.

Auch an die Praktikantin erinnere ich mich noch, die uns Kinder immer wieder eine Kiste mit Bauklötzen neu einräumen ließ. Dann behauptete sie, wir hätten die Kiste unten nicht richtig eingeräumt. Sie kippte sie aus und wollte, dass wir sie erneut einräumten. Dass wir ihre Vorstellungen nicht umsetzen konnten, interessierte sie genauso wenig wie meine anschließenden Proteste unsere Erzieherin und meine Mutter. So durften wir an diesem Tag nicht nach draußen. Dieses Erlebnis sorgt bis heute dafür, dass ich Kindern eher Glauben schenke als Erwachsenen.

Schon im Kindergarten spielte ich gerne mit Mädchen, die ich nie *doof* fand, so wie viele andere Jungs in meinem Alter.

Ich spielte auch gerne in der Puppenecke im Nebenraum mit ihnen. Natürlich spielte ich auch mit Jungen, aber eben nicht nur. So spielte ich im Kindergarten bereits mit Diana, mit der ich später dieselbe Klasse besuchte. Mit ihr verbinde ich einige schöne Erinnerungen, aber auch nicht so Schönes. Unter anderem kam es eines Tages im Außenbereich dazu, dass ein anderes Mädchen, welches Diana nicht mochte, auf einer der Bänke herumturnte. Diana kam dazu, dann versuchten sie sich gegenseitig zu übertrumpfen, bis Diana der Geduldsfaden riss und sie ihre Kontrahentin schubste. Es geschah, was geschehen musste: Sie fiel von der Bank, dann hielt sie sich den Arm und weinte. Es war so schlimm, dass ein Rettungswagen kommen musste und sie ins Krankenhaus brachte. Der Arm war gebrochen.

Natürlich war das Geschrei danach groß, als die Erzieherinnen versuchten nachzuvollziehen, was geschehen war. Es tut mir bis heute leid, ich schäme mich sogar dafür, aber ich deckte Diana, die darauf beharrte, das andere Mädchen nicht geschubst zu haben. Die Wahrheit kam aber irgendwann ans Licht und ich durfte mir eine Standpauke abholen, weil ich gelogen hatte.

Ich erinnere mich auch daran, wie ich in der Schulzeit einmal zu Dianas Geburtstagsfeier eingeladen wurde. Meine schönsten Erinnerungen datieren aber auf das vierte Schuljahr, wo ich sie einige Male zum Jugendtreff der Gemeinde begleiten durfte.

Ich erinnere mich hier noch gut an den ersten Besuch – genauer gesagt an die Geschichte, die uns im Gemeinschaftsraum erzählt wurde. »Der Knopfkrieg« oder so ähnlich hieß sie. Ich kann nicht mehr rekonstruieren, worum es in der Geschichte ging, aber das Zusammensitzen und Zuhören, untermalt von Dias, war eine schöne Erfahrung.

Die damals größte Sache für mich war aber die Übernachtung im Gemeindezentrum unter dem Motto »Prinzessinnen und Ritter« samt Geisterbahn in der Kirche.

Die Mädchen wollten sich als Prinzessinnen verkleiden und versammelten sich im Keller, um spitze Hüte zu basteln. Wir Jungen versammelten uns im Garten und wurden mit Holzschwertern und Schilden ausgestattet, die wir bemalen durften. Ich meine mich zu erinnern, dass ich auf meins einen Drachen malte. Wir spielten dort den ganzen Tag, trugen Wettkämpfe aus und hatten unseren Spaß.

Abends nach dem Essen gingen wir in den Schlafsälen auf improvisierten Betten schlafen. Nacheinander wurden wir dann von den Größeren abgeholt, um allein oder mit ihnen zusammen die Geisterbahn zu betreten. Ich zog es vor, zu zweit zu gehen, da ich die Kirche nicht kannte. Ein wenig gruselig war es wirklich. Alles in allem war es ein wirklich gelungenes Wochenende.

Ob ich Mara zu Kindergartenzeiten bereits kannte, kann ich nicht mehr sagen, aber ich kam aus eigenem Antrieb auf die katholische Grundschule, weil viele meiner Freunde ebenfalls dorthin gingen. Mara wurde dort eine meiner besten Freunde. Obwohl wir uns seit dem Jahr 2000 nicht mehr gesehen haben, ist sie es noch immer, denn wir haben diese Freundschaft nie aufgekündigt, uns auch in all den Jahren nie wirklich gestritten. Im Gegenteil.

Auch im Außenbereich des Kindergartens spielte ich mit Mädchen und Jungen gleichermaßen. Üblicherweise blieben wir dabei innerhalb unserer Gruppe. Nachmittags war es anders, da hatte nur eine Gruppe geöffnet, in der alle Kinder gesammelt wurden. Ich ging gerne nachmittags in den Kindergarten, zumindest, wenn unsere oder die mittlere Gruppe geöffnet war. In die linke Gruppe ging ich nicht so gerne. Die Erzieherin dieser Gruppe war äußerst streng, doch meine Erinnerung daran ist nur bruchstückhaft und nicht klar wie der Rest, weshalb ich mich irren mag.

Klar und deutlich entsinne ich mich aber an jenen Moment, als ich mittags im Sandkasten saß und zu den Kindern der linken Gruppe hinüberblickte. Dort fiel mir ein blondes Mädchen in einem bunten Sommerkleid auf, das vor dem großen Fenster neben der Hoftür stand. Dieses Bild sollte mir nie wieder aus dem Kopf gehen. Aber wer war sie und warum fiel sie mir dergestalt auf, dass ich mich nach so langer Zeit noch daran erinnere? Darüber zerbrach ich mir in den letzten Tagen immer wieder den Kopf, versuchte mich zu erinnern … und bald kamen einige Bruchstücke wieder.

Ich entsinne mich, dass ich ab einem gewissen Zeitpunkt gerne die linke Gruppe besuchte, um dort mit jenem blonden Mädchen zu spielen. Ehe wir mittags zum Essen heimgingen, lief ich rüber zu ihrer Gruppe und fragte, ob sie nachmittags auch da sei. Ich meine auch, dass sie noch einige Male da war und wir schließlich gemeinsam mit unseren Müttern nach Hause gingen, weil sie ohnehin bei uns vorbeimussten. Ich erinnere mich auch daran, dass ich zu jener Zeit mittags auf dem Hof zu dieser Gruppe hinüberlief und vor der Tür wartete, um mit ihr zu spielen. Aber wer war dieses Mädchen? War es Juliana, mit der ich später dieselbe Klasse besuchen sollte? Kannten wir uns bereits seit der Kindergartenzeit und hatten damals schon ein Interesse aneinander … eine Art Beziehung zueinander?

Ich kann es nicht mehr sagen. Doch je länger ich darüber nachdenke … doch, es muss Juliana gewesen sein.

17

# Der Ernst des Lebens beginnt

1985 kam ich dann mit sieben Jahren in besagte katholische Grundschule, in eine sehr kleine Klasse, die anfangs aus gerade 13 Schülern bestand, sechs Mädchen und sieben Jungen. Unser Klassenlehrer war der Rektor der Schule und wir seine letzte Klasse vor der Pensionierung. Ich stellte schnell fest, dass Schule mir nicht lag. Ich empfand den Unterricht als langweilig und zugleich sehr anstrengend, da es mir schwerfiel, mich zu konzentrieren. Zu dieser Zeit begann aber auch *das Leben*, zumindest das Leben mit Freunden außerhalb des Dunstkreises meiner Mutter und Oma. Ich war endlich »groß«. Ich durfte nun draußen bleiben, bis die Laternen zu leuchten begannen! Ich durfte nicht überall hin, aber unsere Siedlung bestand nur aus verkehrsberuhigten Straßen und bis zum drei Straßen entfernten Spielplatz durfte ich nach einigem Hin und Her auch. Ich glaube, meine Mutter hatte letztlich aufgegeben; sie wusste wohl, dass ich eh dorthin gehen würde.

Dort und auf den großen Wiesen zwischen den Häusern sollten sich also die nächsten Jahre meines Lebens abspielen. Zu dieser Zeit kamen auch die ersten Computer in die Wohnzimmer, meiner erreichte mich im Jahr 1988 – ein Commodore C64 mit Datasette. Für eine Floppy Disk reichte mein Kommunionsgeld nicht. Ans Internet und an Handys, geschweige denn an den ersten Gameboy, war noch nicht zu denken, zumindest für uns nicht, und so spielten wir bei jedem Wetter draußen.

Bereits im Jahr 1987 bekam ich mein erstes Skateboard. Meine Eltern wollten mir zunächst keines kaufen, da sie davon ausgingen, dass ich es wie meine Rollschuhe auch nicht benutzen würde. Die Rollschuhe mochte ich nicht, es waren diese einfachen, die man sich unter die Schuhe schnallte, und ich fürchtete, damit zu stürzen.

Ich erklärte meinen Eltern allerdings, dass es mit einem Skateboard anders sei, denn von diesem könnte ich ja im Zweifelsfall abspringen. Aber nichts half zunächst, meine Eltern blieben stur. So kam mir gelegen, dass bei meiner Oma eine große Feier stattfand und ich den Gästen die Getränke bringen durfte. Ich erzählte natürlich jedem von meinem Wunsch und bekam reichlich Trinkgeld, um ihn mir erfüllen zu können. Letztendlich verdiente ich an diesem Abend dermaßen viel Geld, dass es für zwei Skateboards gereicht hätte. Am nächsten Tag fuhr mein Vater los und kaufte mir endlich eins – ein oranges Plastikboard mit grünen Rollen. So lernte ich also tatsächlich Skateboard fahren und mittlerweile, nach vielen, vielen Jahren, besitze ich wieder eins, das mich auf meinen Wegen begleitet.

Damals war aber auch die Zeit der Freundschaften, die man schnell knüpfte. Da war meine Clique und mein damals bester Freund Mario, ein Jahr älter als ich – was damals verdammt alt war! Er wohnte zum Glück schräg hinter uns, direkt über meiner Tante, so konnte ich von unserem Wohnzimmer aus sehen, ob er Zuhause war. Da war Max, der eine andere Klasse besuchte und in der Nähe des Spielplatzes, direkt über dem Supermarkt, wohnte. Es gab Torben und seinen großen Bruder Marius. Marius war nicht nur älter, er war groß und respekteinflößend im Gegensatz zu ihrem kleinen Bruder Mirko, der uns ständig nachlief und Anschluss suchte. Sie wohnten auf dem Weg zwischen Mario, mir und dem Supermarkt, und zumindest Torben war fast immer am Start, wenn wir zusammen spielten. Da war Mara, sie wohnte am ganz anderen Ende der Siedlung. Sie hatte es nicht leicht und das schweißte uns zusammen. Tamara, die letzte im Bunde, wohnte kurz hinter dem Spielplatz direkt an der Hauptstraße. Meine Erinnerungen an sie sind verschwommen. Sie war immer dabei, wurde allerdings ein wenig von uns gehänselt. Aber ich glaube, sie hat es uns nie übelgenommen, denn wir mochten sie, wir waren Freunde, und das wusste sie auch.

Zu guter Letzt war da Juliana, die kleine Blonde aus unserer Klasse. Als wir uns kennenlernten – oder kannten wir uns da bereits? – hätte wohl keiner von uns je geglaubt, dass sie einmal der Grund dafür sein würde, dass ich ein Buch schreibe. Sie wohnte in einem Reihenhaus direkt gegenüber vom Spielplatz, genauer in einem alten Zechenhaus, wie man sie im Ruhrgebiet häufig findet. Sie lebte dort zusammen mit ihren Eltern und drei jüngeren Geschwistern, einer Schwester und zwei Brüdern. Im Sommer 1986 kamen wir in die zweite Klasse, ihre Schwester in die erste Klasse und der ältere ihrer Brüder in den Kindergarten.

Und da war auch noch Jan, der ein Stück die Hauptstraße hinunter wohnte und in dieser Geschichte auch noch eine kleine Rolle spielt. Nein, nicht die, in der ich mit Mitte 30 einmal mit seiner Freundin telefonierte, weil er krank war und spätabends noch einen Arzt brauchte …

Wir schrieben das 1986, Tschernobyl war gerade aktuell. Ich entsinne mich noch lebhaft, wie ich an einem regnerischen Tag mit Jan auf dem Spielplatz saß. Es war nass und unangenehm. Außer uns war kein Kind draußen. Wir unterhielten uns über das, was passiert war, über das, was wir mitbekommen hatten und uns erzählt wurde. Ich muss heute noch schmunzeln, wenn ich daran denke, wie Jan mir erklärte, dass wir wegen Tschernobyl kein Obst und Gemüse mehr essen und eigentlich auch nicht auf den Spielplatz dürften, weil wir sonst AIDS bekommen würden. AIDS war damals auch ein Thema. Ich wusste auch davon, schließlich sah ich jeden Abend mit meinem Opa die Nachrichten. Aus diesem Grund glaubte ich Jan auch nicht.

Ich konkurrierte damals mit Jan um Juliana. An jenem Tag ging er irgendwann heim, kurz darauf kam sie auf den Spielplatz. Bald lagen wir oben auf den senkrecht stehenden Bahnschwellen, die die Schaukeln zur Straße abgrenzten, einander gegenüber. Ich hatte eigentlich Angst davor, dort rauf zu klettern, aber vor Juliana, die vor mir oben gewesen war, wollte ich nicht feige wirken, und so war ich ihr hinterhergeklettert. Ich gestand ihr dort an jenem Tag meine Liebe. Sie antwortete, dass sie nicht wüsste, was sie nun tun solle, da Jan, den sie auch mochte, ihr bereits das gleiche gesagt habe.

Rückwirkend betrachtet, war es für ihn wohl ein glücklicher Umstand, dass Juliana sich für mich entschied, auch wenn er es damals bestimmt anders sah. Er wird uns – oder eher mich – danach gehasst haben. Er sprach auch kein Wort mehr mit mir, bis er wegzog, und ich habe ihn nie wiedergesehen. Ich erinnere mich noch daran, dass Jan auch nicht mehr mit uns von der Schule heimging, sondern mit Jessica, Daniel und Pascal einen Umweg nahm. Ich erinnere mich vage daran, dass er eines Tages an der Straßenecke am Kindergarten auf dem Boden lag, halbsitzend auf seinen Tornister gestützt. Ich weiß nicht, ob ich ihn allein dorthin befördert hatte oder ob Mario mir geholfen hatte. Jan musste etwas über Juliana und mich oder nur über Juliana gesagt haben, und sowas konnte ich nicht auf mir sitzen lassen, denn niemand sollte schlecht über meine Freundin sprechen.

Aber er konnte abschießen, konnte uns vergessen, hassen – was immer er wollte. Sein Leben weiterleben. Und ich denke, dass ihm das auch gut gelungen ist. Ich glaube, ihm war es ohnehin nie so ernst mit Juliana wie mir. Ich weiß nicht, wann genau er wegzog, ob er, als jene Tragödie ihren Lauf nahm, überhaupt noch bei uns wohnte. Ob er viel davon mitbekam. Allerdings bin ich mir auch nicht ganz sicher, ob er im weiteren Verlauf des Jahres nicht mit Julianas Schwester zusammenkam und somit doch durchmachen musste, was ich durchmachte und noch durchmache. Je mehr ich darüber nachdenke, desto mehr gelange ich zu dem Schluss, dass es genauso gewesen sein muss. Beim genaueren Überlegen befürchte ich sogar, dass er es mit ansehen musste, denn er wohnte ja ganz in der Nähe, konnte von Zuhause aus in die Gärten der Zechenhäuser blicken. Es kann sogar sein, dass dies der Grund war, aus dem er und seine Eltern damals wegzogen. Aber auch das empfinde ich heute als einen glücklichen Umstand, denn er konnte im Gegensatz zu mir neu anfangen, musste nicht noch zweieinhalb Jahre in diese Klasse gehen, nicht in diesem Raum sitzen, der ihren Namen schrie.

Tatsache ist, ich war damals mit Juliana als meiner Freundin der glücklichste Junge auf dem Planeten … nein, im gesamten Universum.

# Der erste und der schönste meines Lebens ...

An den ersten Kuss sollte man sich erinnern, sagt man. Auch wenn ich es Jahrzehnte lang leugnete, ich derlei Unterhaltungen stets umschiffte, immer nur meinte: »Ja, ja, ich erinnere mich kaum, nicht der Rede wert.« So muss ich heute doch zugeben, ich erinnere mich an JEDES Detail.

Es muss Anfang Mai gewesen sein, nicht lange, nachdem ich Juliana das erste Mal meine Liebe gestanden hatte. Wir waren mit Mara und Mario auf *dem Alten* – dem alten Spielplatz an einer der Hauptstraßen, die unsere Siedlung eingrenzten.

Mara, Julianas beste Freundin, war an unserem Zusammenkommen wohl nicht ganz unschuldig. Sie mochte Jan nicht besonders, war aber eben auch mit mir befreundet. Und die beste Freundin entscheidet in solchen Dingen nun mal mit ...

So kam es an einem Tag im Mai dazu, dass Mara, die von Juliana um Rat gebeten wurde, ihr einen Schubs in die richtige Richtung gab. Juliana willigte daraufhin ein, mit mir zu gehen. Nun waren wir zusammen, aber wie ging es jetzt weiter? Wir mussten noch etwas tun, es besiegeln, ein Zeichen setzen.

Mario und Mara saßen anschließend mit dem Rücken zu uns auf der Schaukel. Wir hatten sie angewiesen, dass sie sich nicht umdrehen durften. Juliana und ich standen halb im Gebüsch vor der Mauer. Wir wollten nicht gesehen werden. Mara, die doch geguckt hatte, erzählte mir später, als wir bereits 15 waren, dass jener Moment ein Zeichen der großen, der wahren Liebe gewesen sei. Ja, Juliana und mir war es ernst mit unserer Beziehung. Wir standen also dort, uns gegenüber, mit heruntergelassenen Hosen. Ganz dicht zusammen, ihr Kleid auf Bauchhöhe zwischen uns geklemmt, weil es sonst immer wieder hinunterrutschte, die Arme auf die Schultern des anderen gelegt, und küssten uns, nicht sonderlich lange, dafür hatten wir noch nicht das Gespür, und wir wollten schnell machen, damit uns keiner sah, denn uns war es peinlich und außerdem war dieser Moment nur für uns bestimmt. Aber länger als nur flüchtig war es schon. Damals war für uns klar, es wird nie mehr jemand anderen geben, nur noch uns. Es war uns ernst. Das, was wir in diesem Moment fühlten, war für uns, in unserem Denken und Empfinden, das Intimste, das wir uns vorstellen konnten. Wenn ich heute daran zurückdenke – wir waren damals sieben –, spüre ich nach wie vor diesen unglaublich intensiven Moment wahrer Zuneigung.

Rückwirkend betrachtet bin ich nach wie vor der Meinung, dass es uns ernst war, dass wir tatsächlich füreinander bestimmt waren, dass es eine jener Geschichten, in denen man sich in Kindertagen kennenlernt und für den Rest seines Lebens zusammenbleibt, hätte werden können. Die Tatsache, dass ich auch 34 Jahre später mit Tränen in den Augen darüber schreibe, bestätigt es wohl.

Und hier sind wir wieder … bei der Frage vom Anfang: Was wäre, wenn es nie passiert wäre? Was, wenn es den 31.12.1986 nicht gegeben hätte?

Mich quält allein die Frage, ob ich diese Frage überhaupt stellen sollte. Denn schließlich bin ich glücklich verheiratet, habe gesunde Kinder. Es geht mir gut. Ich sollte diese Frage nicht stellen.

Aber ich stelle sie. Ich male mir dann einen Wimpernschlag lang aus, was hätte sein können, wenn es anderes gekommen wäre, und ich hasse mich dafür ein wenig.

Denn ich sollte diese Frage nicht stellen. Es ist anders gekommen und nichts und niemand kann daran etwas ändern. Ich muss damit leben, und im Grunde bin ich doch glücklich. Die Dinge haben sich trotz allem für mich zum Guten gewendet.

# Der Sommer meines Lebens

Wir waren also zusammen, waren verliebt. Aber was macht man mit sieben oder acht Jahren schon? Wir gingen gemeinsam von der Schule nach Hause, händchenhaltend, zur Verabschiedung gab es einen Kuss. Ich erinnere mich, dass ich Juliana einmal mittags abholte und wir händchenhaltend bei ihr die Straße hinunterliefen. Wir waren vorsichtig, Juliana schaute immer zurück. Sie hatte Angst, dass ihre Eltern oder die Nachbarn uns vielleicht sehen könnten. Ich kann nicht genau sagen, warum sie davor Angst hatte. Es ging womöglich um ihren Vater, der es nicht wissen sollte. Er würde es nicht akzeptieren. Welcher Vater ist schon begeistert, wenn die achtjährige Tochter von einem festen Freund berichtet?

Vielleicht habe ich deshalb anders reagiert, als meine Tochter mit zehn Jahren uns ihren elf- oder zwölfjährigen Freund vorstellte. Meine Exfrau und ich unterstützen es sogar.

Immerhin beweist es, dass es Juliana ernst mit unserer Beziehung war, denn wir riskierten immer öfter, zusammen gesehen zu werden, und der Abschiedskuss wurde zum festen Ritual. Ansonsten verlebten wir unsere Zeit miteinander, ob zu zweit auf dem Spielplatz oder mit den anderen, wir waren einfach zusammen, waren unzertrennlich. Ich versetzte dann und wann sogar meine Freunde, die woanders hingehen wollten. Aber ich blieb bei Juliana. Meinen Freunden sagte ich, dass ich nachkommen oder wir uns ja am nächsten Tag sehen würden. Auch in der

Schule war wohl sichtbar, dass wir miteinander gingen, wenn man nur genau genug hinsah.

Julianas Eltern hatten nicht viel Geld. Schließlich hatten sie vier Kinder, und sie mussten die Kredite für das Haus abtragen. Juliana besaß immer nur das einfachste und günstigste von allem. In der Schule konnten wir wöchentlich neu aus Milch, Kakao, und Vanillemilch wählen. Ich, der Kakao über alles liebte, bestellte natürlich diesen. Juliana bestellte immer Milch, weil sie günstiger war.

Wie schon im Kindergarten kam auch in der Schule jedes Jahr der Fotograf, machte ein Gruppenfoto und Portraitfotos von allen Kindern. Die Mappen bekamen wir anschließend mit nach Hause, durften uns aussuchen, welche Bilder wir behalten wollten und mussten den Rest wieder zurückgeben. Ich durfte stets sämtliche Bilder behalten. Juliana gehörte zu jenen Kindern, die kein einziges Bild behalten durften. Nun wir wollten jeder ein Bild vom anderen haben und tauschen daher miteinander. Das führte dazu, dass Julianas Mappe nicht mehr vollständig war, was den Eltern auffiel. So musste ich ihr Foto wieder hergeben. Ob Juliana mir meins auch zurückgab, weiß ich nicht mehr. Ich hoffe nicht. Ich hoffe, dass sie wenigstens dieses eine Bild behalten hat.

Seit langem suche ich schon nach Anhaltspunkten, die erklären, was da genau mit Julianas Vater im Argen lag.

Dabei ist Erklärung dafür so offensichtlich und naheliegend. Sie fiel mir eines Tages wie Schuppen von den Augen.

In der Zeit zwischen Sommer 1985 und Ende 1986 konnte ich Julianas Familie einige Male sonntagvormittags vom Fenster aus sehen. Sie waren auf dem Weg zur Kirche. Ja,

Julianas Eltern müssen gläubige und sehr fromme Christen sein. Ich wollte sie einmal begleiten, durfte aber nicht. Meine Eltern waren keine Kirchengänger und hatten nicht vor, das zu ändern. Allein wollten sie mich auch nicht gehen lassen. Und mit Julianas Familie zu gehen, kam nicht in Betracht, da sie bereits auf vier Kinder aufpassen mussten und ich gerne Unsinn trieb.

Ich hätte sie gerne begleitet und die Chance genutzt, ihre Eltern etwas besser kennenzulernen. Doch begreife ich heute, dass unsere Beziehung auch ein Stück weit eine Auflehnung Julianas gegen die Werte und Vorstellungen ihrer Eltern war …

# Der letzte Tag meiner Kindheit

Weihnachten stand vor der Tür. Wie immer schmückte meine Mutter mit mir am Morgen des 24. Dezembers unseren Weihnachtsbaum. Dazu schallte festliche Musik aus den Lautsprechern, das Schellen des Glockenstabs erfüllte die Luft. An mehr kann ich mich nicht erinnern, auch nicht an die Geschenke; es waren jedoch reichlich wie immer. Nach dem Essen und der Bescherung begaben wir uns nach unten zu meinen Großeltern. Anschließend zogen wir weiter zu meiner anderen Oma, die in der Nachbarschaft wohnte.

Alles in allem war es ein typisches Weihnachtsfest für mich.

Meine letzte Erinnerung an Juliana stammt aus der Zeit kurz nach Weihnachten. Es könnte der 30.12.1986 gewesen sein. Es war nasskalt, ich befand mich auf dem Weg zum Spielplatz, um zu sehen, ob Juliana dort war. Auf dem Weg traf ich sie bereits; sie kehrte vom Einkaufen heim. Sie wollte die Einkäufe schnell nach Hause bringen und dann wieder rauskommen. Sie bat mich zu warten.

Ich wartete also auf der Treppe, die zu ihrer Haustür führte. So nah war ich der Tür noch nie gekommen.

Ihre Eltern waren mir unheimlich, vor allem ihr Vater. War es kindliche Skepsis? Oder steigerte ich mich allmählich in Julianas Angst, von uns zu erzählen, hinein?

Man hätte mich vom Fenster aus sehen können, weshalb Juliana mich angefleht hatte, leise zu sein, ehe sie ins Haus verschwand.

Ich wartete also fünf Minuten. Aus fünf wurden zehn Minuten. Bald waren 20 Minuten verstrichen. Zu klingeln traute ich mich nicht; ich wollte schließlich auch nicht, dass Juliana Ärger bekam.

Die später aufkommenden Gerüchte und meine Sorge, dass ich doch gesehen worden sein könnte, befeuerten jahrelang meine innerste Angst, an dem, was folgen sollte, eine Mitschuld zu tragen.

Erst als meine Eltern zufällig vorbeifuhren und mich sahen, stieg ich unter Protest zu ihnen ins Auto.

Dies war also der letzte Tag, das letzte Mal, dass ich Juliana sehen sollte. Auch habe ich nie erfahren, warum sie nicht wieder rauskam wie abgemacht.

Vielleicht erlaubten es ihre Eltern nicht? Vielleicht musste sie sich rechtfertigen, weil sie wegen mir getrödelt hatte und länger unterwegs gewesen war? All das werde ich nie erfahren. Auch konnte ich mich nie richtig verabschieden. An ihre letzten Worte kann ich mich nicht erinnern, wahrscheinlich oder gerade, weil es keine letzten Worte sein sollten, sondern etwas völlig Banales war. Ihre letzten Worte zu mir waren vermutlich etwas wie: »Ich bin gleich wieder da.«

Ich fuhr also mit meinen Eltern nach Hause in der Gewissheit, spätestens nach den Ferien zu erfahren, was geschehen war. Gleichzeitig überkam mich die Furcht, dass ihre Eltern ihr den Kontakt zu mir verbieten würden.

Daheim diskutierte ich mit meinen Eltern und wurde schließlich auf mein Zimmer geschickt. Ich wollte wieder zurück, wollte zu Juliana. Ich malte mir aus, wie sie aus der Tür trat, merkte, dass ich nicht mehr da war, und dann

fürchterlich enttäuscht sein würde. Der Gedanken daran
machte mich wahnsinnig.

# Ragnarök

Dann kam der 31.12.1986, dieser eine Tag, der mein Leben komplett auf den Kopf stellen sollte.

Eigentlich war der Silvestertag immer ein schöner Tag; ein neues Jahr stand vor der Tür. Es war dieser ganz besondere Tag im Jahr, an dem ich lange aufbleiben durfte. Aber all das sollte ab dem 31.12.1986 keine Bedeutung mehr für mich haben.

Das Erste, an das ich mich an diesem Tag erinnere, ist, wie meine Oma zu uns rauf kam, wie ich mit feuchten Augen am Fenster stand mit dem Glücksklee in der Hand. Wie ich ihn auf die Fensterbank stellte mit den Worten: »Der ist für Juliana, sie braucht ihn jetzt dringender als ich.«

Was war geschehen? Wenn ich mich richtig erinnere, war es meine Oma, die sich zu mir hinunterbeugte und mir sagte, dass es in den frühen Morgenstunden einen Brand gegeben habe, dass Juliana und ihre Geschwister diesen nicht überlebt hätten. Dann nahm sie mich in den Arm.

Das konnte, das durfte nicht wahr sein. Nicht in meiner Welt und in der Welt keines Kindes sollte es so etwas geben. Nicht, wenn es diesen allmächtigen, gütigen Gott, von dem alle sprachen, wirklich gab.

Ich hatte lange keine Erinnerungen an die weiteren Geschehnisse dieses Tages. Es war alles weg. Ausradiert. Meine Tante erinnert sich aber sehr wohl an jenen Tag. In vielen Gesprächen mit ihr kehrte auch meine Erinnerung zurück. Auch meine Oma, die 94 Jahre alt ist, als ich diese Zeilen schreibe, konnte sich noch an einige Bruchstücke erinnern. Sie half mir, das Mosaik meiner Erinnerungen zu vervollständigen.

Meine Tante arbeitete an jenem Tag. Sie wusste von Juliana und mir. Wusste, was sie mir bedeutete. Auch meine Oma wusste von uns; sie kannte Juliana persönlich. Zu beiden pflegte ich ein starkes Vertrauensverhältnis, weshalb ich ihnen stolz von meiner Freundin erzählt hatte. Aus diesem Grund hatte meine Oma sofort zuordnen können, um wen es ging, als sie von der schrecklichen Tragödie erfahren hatte.

Meine Tante berichtete mir in unseren Gesprächen, wie ich völlig aufgelöst zu ihr rüberkam, ihr davon berichtete, sie und alle anderen anschrie, sie sollen aufhören mich anzulügen, das könne nicht wahr sein. Juliana sei nicht tot. Ich wollte sofort zum Ort des Geschehens, wollte in den Trümmern nach ihr suchen, denn in meiner Vorstellung war sie noch dort. Ich musste sie finden. Und wenn sie doch nicht dort war, war sie höchstens im Krankenhaus und dann wollte ich eben dorthin, wollte dort bei ihr am Bett sitzen, einfach bei ihr sein. Schlimmstenfalls würde ich sie nach den Ferien wiedersehen, aber tot? Nein!

Nachdem meine Tante mir dies erzählt hatte, fiel es mir auch wieder ein. Ich hatte an jenem Morgen eben nicht sofort am Fenster gestanden, sondern war, nachdem ich davon erfahren hatte, unter Tränen ans Fenster gelaufen, um mich selbst vom Brand zu überzeugen. Doch ich konnte keine Flammen, keinen Rauch erkennen. Zwischen ihrem Haus und unserem lagen drei Straßen und somit mehrere Gebäude. Das Feuer war bereits gelöscht und daher konnte ich auch keinen Rauch ausmachen. Mir reichte jedenfalls, was ich sah beziehungsweise nicht sah. Ich drehte mich zu meiner Oma und meiner Mutter um und schrie sie an. Ich wollte, dass sie aufhörten, mich anzulügen. Wollte ihnen klarmachen, dass ihr Spaß gehörig nach hinten losgegangen war.

Meine Oma hatte vollkommen recht, den Nagel auf den Kopf getroffen, als sie bei einer unserer Unterhaltungen über die Geschehnisse meinte: »Die Kleine hatte es dir wirklich angetan.«

Ja, das hatte sie.

Juliana war alles für mich, meine Welt, mein Leben!

An jenem 31.12.1986 hörte Gott für mich auf zu existieren. Ich schwor mir, sollte Gott doch existieren und ich würde ihm eines Tages gegenübertreten, so würde ich ihn windelweich prügeln. Ich hatte so eine Wut im Bauch neben meiner unendlichen Trauer. Ich erklärte Gott den Krieg.

Diese Kriegserklärung ist bis zum heutigen Tag gültig und wird es bis in alle Ewigkeit bleiben. Der abgedroschene Spruch, »Gottes Wege sind unergründlich«, ändert daran nichts. Scheiß drauf!

Gott soll allmächtig sein? Dann hätte er es verhindern können. Unterlassen gilt in Deutschland im allgemeinen als Vorsatz.

Gottes Plan? Also eine geplante Tat! Gründe, die man nicht kennt, die also offensichtlich persönliches Interesse sind, kann man als niedere Beweggründe auslegen. Somit wäre es nach deutschem Recht Mord.

Ja, *dieser Gott*, sollte es ihn doch geben, ist ein Mörder, und ich werde alles daransetzen, sein Henker zu werden. Wenn man in Betracht zieht, dass täglich schreckliche Dinge geschehen, und das bereits seit Anbeginn der Zeit, würde er als Serienmörder wegen besonderer Schwere

wohl auch Sicherungsverwahrung bekommen. Aber einen
Gott gibt es für mich ohnehin nicht. Also, warum eine ima-
ginäre Figur anklagen? Meine Gedanken kreisen und kreisen.

## Mit Worten kann man viel, nur zurücknehmen kann man sie nicht

Meine Tante wollte wissen, was sie tun könne, um mir zu helfen. Ratlosigkeit machte sich breit. Meine Mutter sagte in meinem Beisein lapidar: »Was soll ich machen? So ist es nun mal und damit muss er jetzt leben!«

Sagt man so etwas im Beisein eines Achtjährigen, der seine große Liebe verloren hat, dessen Welt gerade zusammenbricht? Wohl kaum.

Dieser Spruch aber und die Tatsache, dass meine Mutter sich mir gegenüber auch dementsprechend verhielt, beeinträchtigen unser Verhältnis bis heute maßgeblich. Erst kürzlich habe ich erfahren, aus welchem Grund meine Mutter damals so kaltherzig reagierte … ich möchte es an dieser Stelle nicht weiter ausführen.

Wir haben uns beide in den Jahren danach um ein gutes Verhältnis zueinander bemüht. Leider vergeblich. Und mittlerweile ist es mir auch recht so. Wir gratulieren uns gegenseitig zum Geburtstag und sprechen miteinander, wenn wir uns sehen, aber für mich ist sie nicht mehr als eine flüchtig Bekannte.

# Gerüchte oder Wahrheit

Auch wenn es melodramatisch klingen mag, waren die folgenden Tage die seelische Hölle für mich. Meine kleine Welt lag in Trümmern, metaphorisch und buchstäblich. Sie war niedergebrannt, vernichtet, nicht mehr da.

Woran ich mich erinnere, ist, dass ich draußen meine Freunde traf. Natürlich war der Brand Thema. Es war das beherrschende Thema in der gesamten Siedlung. Tatsachen verflochten sich mit Spekulationen und wildesten Gerüchten.

Man hörte unter anderem, dass es zu dem Unglück gekommen sei, weil die beiden Jungs morgens früh aufgestanden und ins Wohnzimmer gegangen seien, dort Feuerwerkskörper gefunden und diese angezündet hätten. Das offizielle Ermittlungsergebnis bestätigte dies später. Das erklärt auch, warum ich bis zum 31.12.2006 panische Angst vor Feuerwerkskörpern hatte. Im Jahr 2006 aber zündete ich die ersten Feuerwerkskörper meines Lebens, um meinen Brüdern, damals 13 und 11, eine Freude zu bereiten. Dass ich eine solche Panik vor Feuerwerkskörpern schiebe, wusste und weiß niemand aus meinem Umfeld. Später zündete ich noch ein einziges Mal welche mit meinen Brüdern und meinen Kindern, aber hassen und verfluchen werde ich diese Dinger bis ans Ende meiner Tage.

Nachbarn, die die Familie zu kennen glaubten oder auch kannten, verbreiteten das Gerücht, der Vater habe den Brand gelegt, weil er keine Lust mehr auf die Kinder habe. Was auch erklären sollte, warum die Eltern sich mit einem

Sprung aus dem Fenster hatten retten können, für ihre Mädchen aber jede Hilfe zu spät gekommen war.

Und ja, da ist sie, diese eine alles entscheidende Frage, die ich mir bis heute stelle: Warum konnten sie nicht gerettet werden? Rauchmelder retten Leben, aber leider gab es diese damals nicht, zumindest nicht für den privaten Gebrauch.

In unseren Gesprächen rief meine Großmutter ein schreckliches Bild auf, wie es Stephen King nicht fürchterlicher hätte beschreiben können. So sollen die beiden Mädchen noch einige Zeit am Fenster gestanden haben. Die Nachbarn sollen mit Bettlaken unters Fenster gerannt sein und die beiden immer wieder aufgefordert haben, es zu öffnen und zu springen.

Aber sie taten es nicht.

In unserer Siedlung wurde bald vermutete, dass die Mädchen entweder den Freitod gewählt hätten oder aufgrund der Feigheit ihrer Eltern ums Leben gekommen seien. Ich werde die Wahrheit nie erfahren; und möchte es auch nicht. Allein der Gedanke an ihre letzten Minuten im brennenden Zimmer ist unerträglich für mich. Nein, das Wenige, das ich weiß, ist schon kaum zu ertragen.

Eins weiß ich aber mit Sicherheit. Ich möchte mit solchen Gerüchten vorsichtig sein, möchte den Eltern kein Unrecht tun. Wenn sie ihre Kinder geliebt haben – wovon ich ausgehen möchte –, machen derartige Gerüchte ihre Hölle noch viel heißer, als es meine bereits ist.

Unbegreiflich ist für mich hingegen, dass sie nach der Sanierung des Hauses dort zeitweise wieder einziehen konnten.

Einmal sah ich ihre Mutter danach beim Einkaufen, und wenn ich mich richtig erinnere, grüßte ich sie knapp. Ich war wohl von der Hoffnung beseelt, dass sie mich bemerken würde und ich ihr würde sagen können, wer ich bin, wer ich war. Ich hätte meinen Schmerz gerne mit ihr geteilt. Aber sie bemerkte mich nicht, und danach wollte ich sie auch nie wieder sehen, weil ich durch sie unweigerlich an Juliana erinnert wurde.

Schuld hin, Schuld her, verziehen hat ihnen den Brand und den Tod der Kinder kaum jemand. Ich sah, was das mit der Familie gemacht hat. Aus diesem Grund höre ich mir immer erst beide Seiten einer Geschichte an und gebe nicht viel auf Gerüchte.

Durch meine Mutter erfuhr ich, dass ihre Ehe an dieser Tragödie schließlich zerbrach. Tragödie stapelt sich auf Tragödie. Kurz darauf zogen sie fort.

Ich habe mir jedenfalls geschworen, sollte es jemals bei mir zu Hause brennen, bin ich der letzte, der das Haus verlässt.

# Ich war doch ihr Freund

Kurz nach den Ferien kam der Tag der Beerdigung. Die Schule stellte es uns frei, hinzugehen oder den Unterricht zu besuchen. Ich stand damit vor der schwersten Entscheidung meines jungen Lebens. Ich war doch ihr Freund, ich musste an der Seite ihrer Verwandten da sein und Abschied nehmen. Aber alleine der Gedanke an den Verlust zerstörte mich. Was würde da erst die Beerdigung in mir auslösen? Was würde geschehen?

Ich entschied nach langem Hin und Her, hinzugehen, aber meine Mutter machte mir einen Strich durch die Rechnung. Sie wollte, dass ich zu Hause blieb, wohl aus Sorge, dass ich erneut einen Nervenzusammenbruch erleiden könnte wie bereits am Tag ihres Todes. Sie würde dann nicht neben mir stehen wollen, mitten unter all den Beerdigungsgästen. Es wäre ihr peinlich.

Als sich meine Eltern zwei Jahre später trennten, kam es zu einer weiteren Situation, die sich in mein Hirn eingebrannt hat. Ich weiß sogar noch genau, an welcher Kreuzung es sich zutrug, spüre den sanften Wind noch immer auf meiner Haut, der damals durch die Straßen wehte. Meine Mutter eröffnete meinem Vater auf dem Weg zum Fitnessstudio in meinem Beisein wie beiläufig, dass er mich nehmen solle, da sie mit mir nicht zurechtkomme und ansonsten über eine Heimunterbringung nachdenken müsse.

Mit 16 zog ich nochmals für einige Zeit zu ihr. Aber es funktionierte auch da nicht.

Der Tag der Beerdigung war ein grauer Januartag. Ich stand am Fenster, sah andere von der Schule kommen und fühlte mich schrecklich. Hatte ein schlechtes Gewissen, weil ich nicht zur Beerdigung gegangen war, obwohl gerade ich hätte gehen sollen. Müssen. Schließlich war ich ihr Freund, aber was war ich für ein Freund?

Klar, ich durfte nicht. Aber das machte es für mich keinen Deut besser. Ich war nicht da, das war eine Tatsache. Ich hatte darüber nachgedacht zu fragen, ob ich rausgehen könne, mich dann in den Bus zu setzten und zum Friedhof zu fahren. Der Bus zum Friedhof hielt bei uns in der Nähe, aber ein Achtjähriger frühmorgens, der allein zum Friedhof fuhr? Das wäre schon aufgefallen. Wann hätte ich losfahren müssen, um rechtzeitig dort zu sein, und was dann? Und woher das Geld nehmen, ohne dass es auffiel, ohne dass Fragen gestellt werden würden? Nein, allein war es mir nicht möglich. Meine Mutter hätte meine Oma fragen können, ob sie mich begleiten könne, und ich bin mir sicher, sie hätte es getan. Ich kann mir sogar vorstellen, dass sie es angeboten hatte und nicht durfte. Ja, meine Oma konnte mit solchen Situationen umgehen, hätte gewusst, was zu tun war. Ich erinnere mich sogar, dass mein Klassenlehrer angeboten hatte, mich mitzunehmen. Aber meine Mutter schlug auch dies aus. Sie wollte einfach nicht, dass ich hingehe.

Dass ich danach Julianas Grab nie wirklich besucht habe, tut mir heute genauso weh, wie es mir damals weh getan hätte, dort zu stehen. Das klingt vermutlich nach einer billigen Ausrede. Ich erwarte dafür auch kein Verständnis. Aber ich konnte einfach nicht, ich konnte 34 Jahre lang nicht einmal daran denken, musste es, so gut es geht, verdrängen, um nicht daran zu zerbrechen.

»Mama … ja, ich hätte auf der Beerdigung vermutlich einen zweiten Nervenzusammenbruch erlitten. Du hättest mich unter den Augen aller Anwesenden vergeblich zu beruhigen versucht. Vielleicht hätte man mich gar ins Krankenhaus gebracht. Aber es wäre mir damit besser gegangen. Besser als mit der Schuld leben zu müssen, nicht auf der Beerdigung gewesen zu sein.«

Dass meine Mutter mich später, wenn wir zum Friedhof gingen, jedes Mal zu zwingen versuchte, Julianas Grab aufzusuchen, macht es nicht besser.

# Du warst ihr Freund, du musst es dir ansehen

Ich traf an den Tagen danach also draußen meine Freunde. Wir sprachen darüber. Na ja, sie sprachen darüber und ich musste widerwillig zuhören. Ich wollte es nicht hören. Meine Freunde wussten, wie es mir ging. Im Gegensatz zu mir waren sie schon am Haus gewesen, hatten es sich angesehen. Sie waren der Meinung, ich müsse es mir auch ansehen, gerade ich müsse dorthin gehen, müsse mich verabschieden. Sie begründeten es damit, dass ich ja nicht auf die Beerdigung gedurft habe.

Also ging ich mit ihnen. Ich weiß noch, wie ich vor der Ruine stand. Ich kann nicht sagen, was ich fühlte, wahrscheinlich war ich zu keiner Gefühlsregung imstande. Rückblickend betrachtet, war die Trauer, der Schmerz zu diesem Zeitpunkt so groß, dass es mich lähmte. Woran ich mich hingegen nur zu gut erinnere, ist der Geruch von kaltem, nassem, verbranntem Holz – ein subtiler Gestank, den wahrscheinlich jeder kennt und abstoßend findet. Ein Geruch, der mich bis heute verfolgt.

Wir standen dort also und starrten auf das ausgebrannte Haus. Mario bemerkte, dass es mir nicht gut ging, denn er tat etwas, was wir eigentlich nie taten. Er rückte näher an mich heran, legte seinen Arm auf meine Schulter und hielt mich fest. Ja, in diesem Moment gab mir ein anderer kleiner Junge, ein Neunjähriger, mehr Halt als es meine Eltern es jemals getan hatten. Danke! Ich weiß nicht, was ohne diese Geste passiert wäre.

Bis heute weiß ich nicht, ob ich meinen Freunden für das Besichtigen der Ruine danken oder sie verfluchen soll, denn auch wenn es unermesslich weh tat und es mich all die Jahre verfolgt hat, so kann ich heute wenigstens sagen: Ich war da, ich habe es gesehen, habe dort gestanden, getrauert. Habe diese Erinnerung, egal wie schrecklich sie auch ist. Sie ist meine. Ich sollte ich ihnen wohl dankbar sein.

# Komm spielen

In einer der Nächte danach plagte mich ein Albtraum.

Ich erinnere mich noch nach so vielen Jahren an diesen Traum, als sei ich gerade erst aus ihm aufgewacht. Viele Male in den letzten Jahrzehnten kam mir dieser Traum erneut in den Sinn. Aber ich schaffte es jedes Mal, ihn sofort wieder zu verdrängen, die Gedanken zu unterdrücken und emotional von mir zu trennen.

Ich stehe mit meinen Freunden vor dem Haus. Statt einer Treppe hinauf führt eine steile, glatte Rampe hinab. Unten ragen auf der anderen Seite einige Stufen wieder hinauf zur Haustür, im Inneren erkenne ich eine Treppe, die in die erste Etage führt. Ich kann nur den Flur einsehen, der hell ist und bunt beleuchtet. Juliana und ihre Geschwister stehen am Fenster, rufen mir zu, ich solle doch zum Spielen hineinkommen. Meine Freunde flehen mich an, es nicht zu tun; warnen mich, ich könne das Haus nie wieder verlassen, müsse für immer dortbleiben. Aber ich ignoriere sie, rutsche die Rampe hinunter und betrete das Haus. Mein Wunsch, wieder bei Juliana zu sein, ist größer als meine Angst. Ich steige die Treppe hinauf, trete durch den Hauseingang. Im Flur ist es bunt und schön. Überall farbenfrohe Lampen, Kissen und Decken. Es ist gemütlich. Spielzeug liegt in Hülle und Fülle herum – es ist ein Traum für jeden Achtjährigen.

Ich spiele mit Juliana und ihren Geschwistern, bin glücklich. Bis ich bemerke, dass es bereits dunkel geworden ist, die Laternen leuchten, ich gehen muss. Ich muss heim zu meiner Familie. Ich gehöre hier nicht her.

Ich renne nach draußen. Juliana und ihre Geschwister flehen mich an zu bleiben. Es sei doch so schön und sie wollen weiter mit mir spielen. In diesem Moment wird mir klar, dass ich Juliana nie wiedersehen werde oder für immer in diesem Haus, einem Haus voller Toter, bleiben muss. Ich stolpere die Treppe hinunter, erreiche die Rampe, als ich am Fuß gepackt werde. Die vier können das Haus offensichtlich nicht verlassen. Ich reiße mich los. Ich versuche die Rampe hochzukommen, rutsche immer wieder ab, gleite teils gefährlich nah zu den Stufen zurück, wo sie mich erreichen können. Meine Freunde versuchen, mir zu helfen, mich heraufzuziehen, reichen mir Stangen, Äste und Seile, aber ich rutsche immer wieder ab, kann mich nicht halten, werde panisch, bis ich endlich aufwache.

# Zurück in der Klasse, zurück im Alltag

Aus der ersten Zeit danach, in der Schule, ist mir auch nur eine Erinnerung geblieben. Das heißt, sie kam im Laufe der letzten Wochen durch das Schreiben Stück für Stück zurück.

Wir hatten in unserer Klasse einen Garderobenraum und mussten unsere Jacken dort aufhängen. Ich entsinne mich, dass ich ab Anfang des Jahres 1987 den Raum nicht mehr betreten wollte; ich wollte meine Jacke lieber über den Stuhl hängen. Unser Klassenlehrer musste mich dazu zwingen, meine Jacke dort aufzuhängen. Zunächst stand Mario sogar ein paar Mal auf und hängte meine Jacke dort auf, um die Sache aufzulösen. Ich erklärte, dass ich den Raum nicht mehr betreten können, da ich immer zusammen mit Juliana dort die Jacken aufgehängt hatte. Aber das war nicht die ganze Wahrheit.

Wir hatten stets so lange im Garderobenraum gewartet, bis der letzte Schüler seine Jacke aufgehangen und sich in den Klassenraum begeben hatte. Dann blieb uns dort ein flüchtiger Moment für einen Kuss, ein kurzes: »Ich habe dich vermisst und bin froh, dass du da bist«. Denn das sagte dieser Kuss aus, nicht mehr und nicht weniger.

Natürlich waren wir in den rund acht gemeinsamen Monaten dort von anderen erwischt worden. Die ganze Klasse wusste über uns Bescheid. Uns war es gleich, dass sich andere über uns lustig machten. Sollten sie doch, wir hatten uns. Dennoch versuchten wir uns nur zu küssen, wenn wir allein waren.

Gelegentlich wurden wir verpetzt oder verzögerten den Unterrichtsbeginn. Wir bekamen also regelmäßig Ärger und liefen Gefahr, dass Julianas Eltern davon erfahren würden, aber wir machten weiter. Schlussendlich mussten Mara oder Mario Schmiere stehen. Das heißt, einer von beiden stellte sich in die Tür, schaltete das Licht aus und ließ niemanden rein. Deshalb wollte und konnte ich den Garderobenraum nicht mehr betreten.

An die nächsten Jahre kann ich mich im Großen und Ganzen nicht mehr erinnern, das heißt, ich erinnere mich sehr wohl, doch sind meine Erinnerungen zu einer diffusen Wolke aus Banalitäten und Dingen verquollen, die ich zeitlich nicht mehr zuordnen kann. Alles in allem spiegeln sie eine Kindheit wider, in der es mir eigentlich an nichts fehlte.

Meine Eltern besaßen zu dieser Zeit eine Kassette mit einem bestimmten Lied darauf, das sie im Auto rauf und runter hörten, und ich hasste es; ich hasste es zutiefst, weil auch das mich an Juliana erinnerte.

Ich sprach noch kein Englisch, verstand daher den Text nicht, aber der Name des Liedes und die melancholische Grundstimmung reichten mir, um es nicht zu mögen. Reichten, um Tränen in meine Augen steigen zu lassen. Eine Situation ist mir dabei gut in Erinnerung geblieben: Wir fuhren eine Schnellstraße entlang, an der heute ein Einkaufszentrum steht. Das laufende Lied klang aus, und ich wusste, welcher Song folgte.

Und wie schon so oft zuvor – ich weiß nicht, wie oft – bat ich meine Eltern, das Radio einzuschalten; sagte, ich möchte lieber etwas anderes hören, ohne ihnen den Grund zu nennen.

Und auch dieses Mal – wie so oft – wurde mein Wunsch abgelehnt. Ich weiß nicht, ob sie es nicht bemerkten oder nicht bemerken wollten, aber ich steckte mir daraufhin die Finger in die Ohren, während meine Augen glasig wurden. Ich konnte das Lied nicht ertragen, hielt es einfach nicht aus. Versuchte krampfhaft, die Tränen zu unterdrücken, schließlich konnte ich doch nicht einfach ohne ersichtlichen Grund anfangen zu weinen. Nein, das ging nicht. Dann hätten meine Eltern wissen wollen, was los ist, und ich hätte Rede und Antwort stehen müssen.

Erstaunlicherweise musste ich nach 1987 dieses Lied nie wieder hören. Letztlich habe ich den Titel und die Melodie fast vollständig vergessen. Erstaunlich ist, dass ich andere Lieder des Interpreten beziehungsweise der Band, die er mit seinen Brüdern gegründet hat, mit Genuss hörte, lange ohne zu wissen, wem ich da eigentlich zuhöre. Dieses eine spezielle Lied aber sollte mir so schnell nicht mehr unterkommen. Auch fiel mir die Ähnlichkeit der Gesangsstimme nicht auf. Selbst auf YouTube Music stolperte ich nicht darüber, obwohl sich die anderen Lieder in meiner Playliste befanden und ich mir gerne Songlisten über die Funktion *My Mix* zusammenstellen ließ, die auf ähnliche Stücke zurückgriff. Über viele Monate mit YouTube Music blieb mir dieses spezielle Lied dennoch erspart.

Überhaupt kehrte meine Erinnerung an jenes Lied erst Mitte des Jahres 2020 zurück. Bruchstückhaft. Titel? Fehlanzeige. Ich erinnerte mich nur noch, dass er ihren Namen enthielt.

Ich überlegte danach zu suchen, ließ es aber zunächst bleiben. Ich zögerte, es war mir unangenehm, danach zu suchen, ich hatte auch ein wenig Angst davor, aber ich war an einem Punkt angelangt, an dem ich es nochmal hören wollte, mich damit konfrontieren wollte, mich einem meiner Dämonen stellen wollte.

So saß ich an einem heißen Abend im August allein im Wohnzimmer, setzte meine Kopfhörer auf, wollte erst einen kurzen Augenblick nach dem Lied suchen, tat es dann aber doch nicht.

Ich startete wie so oft meine Playlist, von der leisen Hoffnung beseelt, dass das gesuchte Lied aus heiterem Himmel dort erscheinen würde. Gleichzeitig packte mich die Angst vor dem Augenblick, in dem die ersten Töne dieses speziellen Liedes aus den Lausprechern schallen würden. War ich bereit, mich meinem Dämon zu stellen? Aber wie groß war schon die Wahrscheinlichkeit? Ich hatte seit Wochen meine Playlist nicht verändert.

Ich wischte also wie üblich etliche Lieder durch, hörte zwei, drei zu Ende, und wischte weiter. Die ersten Noten des nächsten Liedes erklangen … und ich erschrak fürchterlich. Da war es: *Juliet* von Robin Gibb. Mein Dämon hatte mich gefunden, nun gab es kein Zurück mehr, ich musste mich ihm stellen. Natürlich flossen die Tränen, aber ich vermochte es, das Lied bis zu Ende zu hören. Wenigstes einem meiner Dämonen konnte ich dadurch seinen Schrecken nehmen! Das Lied speicherte ich in meiner Playlist, nicht in der normalen, nein in einer ganz privaten, die ich mittlerweile angelegt hatte.

Ich hörte dieses Lied in den nächsten Tagen und Wochen immer wieder. Im Gegensatz zu früher, konnte ich den Text nun verstehen, und ich musste feststellen, dass der Song irgendwie zu meiner Geschichte passt.

»I want to love you in my life, sweet Juliet. Livin' without you in my life, oh my girl Juliet.«

Bald setzte sich der Song in meinem Kopf fest, wurde zu einem Ohrwurm, der immer wieder unerwartet zuschlägt. Dabei bin ich eigentlich immun gegen Ohrwürmer. Dies aber ist einer. Dies ist meiner. Meine Ohrschlange aus der Hölle.

Ähnliche Gefühle lösen auch das Lied *Am Tag, als Conny Kramer starb* von Juliane Werding in mir aus. Mara spielte es damals oft. Zusätzlich gibt es auch hier eine Ähnlichkeit beim Vornamen der Interpretin, und solche Ähnlichkeiten haben mich schon immer verfolgt.

# Marc und die Kirche

Da ich eine katholische Grundschule besuchte, musste ich ab dem zweiten Schuljahr donnerstags in der ersten Stunde immer in die Kirche gehen. Und auch hier gab es etwas, das anfangs noch lustig erschien, dann aber unerträglich für mich wurde – und es bis heute geblieben ist. Es gab mir letztlich einen weiteren Grund, einen tiefen Hass auf die Kirche zu entwickeln und sich die Finger in die Ohren zu stecken. Damals wie heute kann ich den christlichen Ausruf *Halleluja* nicht aussprechen, ja kaum schreiben. Es kommt dann *Hallejulia-na* oder etwas Ähnliches dabei heraus. Und ja, wenn Juliana neben mir oder in der Reihe vor mir saß und sich lächelnd zu mir umdrehte, war das ein kleiner Moment zum Schmunzeln im Dasein zweier Kinder, und einfach ein schönes Gefühl.

Das endete prompt, als sie nicht mehr vor oder neben mir in der Kirche saß. Als sie fort war. Die Besuche der Kirche wurden dann für mich zur Qual, und wenn das obligatorische *Halleluja* erscholl, musste ich mir die Finger in die Ohren stecken. So kam es, dass ich als Zweitklässler das erste, aber nicht das letzte Mal, aus der Kirche flog. Klar hielten mir die Lehrer danach jedes Mal eine Standpauke. Aber zu diesem Zeitpunkt war ich schon so weit, dass es mich nicht interessierte. Selbst Klassenbucheinträge und das Androhen von Blauen Briefen oder Anrufen bei meinen Eltern ließen mich kalt. Kein Ärger, den ich bekommen konnte, war so groß wie die Abscheu vor diesem einen Wort und dem dazugehörigen Lied. Wie gesagt, ich kann es bis heute nicht richtig aussprechen und habe es all die Jahre lang gehasst und gemieden.

Mittlerweile kann ich immerhin darüber lachen – nicht über das Wort selbst, viel mehr über mein Unvermögen, es auszusprechen. Vor allem aber überwiegen heute die schönen Erinnerungen an kleine Momente mit Juliana.

# Rauchmelder retten Leben

Ich arbeite nun schon viele Wochen an diesem Buch, das mich mehr Kraft kostet, als es der geneigte Leser ahnen wird. Wir schreiben heute den 13.11.2020 – ein Freitag – und wie jeder Freitag, der 13., ist auch dieser Tag wieder der *Tag des Rauchmelders*. Wie passend!

»Rauchmelder retten Leben.«

Nein, geplant hatte ich diesen Abschnitt nicht. Aber in den letzten Tagen sind einige Erinnerungen wieder hochgekommen. So verlief meine Trauer, mein Umgang mit dem Geschehenen, mit Julianas Tod, nicht so, wie man es wohl erwarten würde. Üblicherweise ist die Trauer, die Lähmung, anfangs am größten und nimmt dann schrittweise ab. Zumindest war das lange meine Vorstellung vom Trauerprozess. Man sagt doch: »Die Zeit heilt alle Wunden.« Nicht?

Aber bei mir war es anders. Nach dem Tag, als ich vor dem ausgebrannten Haus stand und nichts empfinden konnte, schien mein Kummer nachzulassen. Manchmal war ich auf dem Spielplatz und sah auf dem Weg unweigerlich das Haus, da es sich in Sichtweite befand. Mit jedem Anblick der Ruine stürzte ich in eine tiefere Trauer. Ich entsinne mich, dass ich mich auf dem Spielplatz irgendwann nicht mehr wohlfühlte, obwohl er der Dreh- und Angelpunkt aller Kinder der Siedlung war. Ich lief Umwege, nur um nicht an dem Haus vorbeizumüssen.

Auch, als an der Ecke die ersten Papier- und Altglascontainer aufgestellt wurden, auf denen wir gerne herumturnten, achtete ich tunlichst darauf, nicht in jene Straße zu blicken, in der sich das Haus befand. Als wir dann später heimlich bis zur nahegelegenen Abraumhalde liefen, machten wir ebenfalls einen Umweg. Meine Freunde akzeptierten das stillschweigend. Ich wusste, dass sie an dem Haus vorbeiliefen, wenn ich nicht dabei war. Doch sie nahmen Rücksicht auf mich.

Einige Jahre später, ich muss bereits 15 gewesen sein, bog mein Vater mit uns in unserem alten Opel Kadett-Kombi in jene Straße ein, in der sich das Haus befand, um zum nahegelegenen Supermarkt zu gelangen. Selbst da noch musste ich die Augen schließen und den Kopf wegdrehen, hin zum Spielplatz, weg von dem Haus. Ich wollte es nicht sehen, konnte es nicht sehen. Als mein Vater plötzlich sagte, dass am Spielplatz der Reifen von einem Rennwagen liege, öffnete ich ungläubig meine Augen und konnte ihn tatsächlich dort liegen sehen. Es handelte sich um einen Slick, der gut und gerne von einem Formel 3-Wagen stammen könnte, aber wie kam er dorthin? Mein Vater meinte, ich solle doch gleich zurückgehen und ihn mir holen, er würde sich gut in meinem Zimmer machen. Er hatte recht, ich mochte Autos, schaute jedes Formel 1-Rennen, und dieser Reifen wäre perfekt für mein Zimmer gewesen.

Ich saß also noch einige Zeit im Auto und überlegte, versuchte mich zu überwinden. Bis ich schließlich die Tür öffnete und loslief. Ich erreichte die Straßenecke, bog in die Straße mit dem Haus ein. Ich heftete meinen Blick krampfhaft auf die Häuser der gegenüberliegenden Seite. Ich wollte das Haus nicht sehen.

So erreichte ich den Spielplatz. Ich packte den Reifen, er war schwerer als gedacht, und lief, so schnell es mit diesem schweren Teil ging, zurück zum Auto. Es war, wie wenn man im Dunkeln vom Bad rasch zurück ins Bett huscht, da man sich doch davor gruselt, was in der Dunkelheit lauert. Nur war es helllichter Tag und ich wusste genau, was auf mich lauerte.

Nun hatte ich den Reifen, ein wirklich schönes Stück, säuberte ihn, legte eine Glasplatte darauf und benutzte ihn als Tisch. Aber ich hatte mir mit ihm auch eine Erinnerung ins Zimmer geholt, schließlich wusste ich nur zu genau, wo ich ihn herhatte. So entpuppte er sich als Segen und Fluch zugleich und ich musste versuchen, nicht daran zu denken.

Zu dieser Zeit fing ich auch an, abends im Dunkeln mit meinem Walkman durch die Straßen zu laufen. Gelegentlich gelangte ich zu der Hauptstraße, die jene Straße mit dem Haus kreuzte. Beim Überqueren blickte ich zwanghaft in die andere Richtung und versuchte allein anhand von Lichtreflektionen auf dem Asphalt auszumachen, ob ein Auto aus der Straße heraus auf mich zu kam. Ich riskierte tatsächlich lieber, auf einer Motorhaube zu landen, statt Gefahr zu laufen, einen flüchtigen Blick auf das Haus zu erhaschen.

# Stigmata

Nunmehr stelle ich mir die Frage, ob das Wort »Stigmata« – die Wundmale Christis – tatsächlich allein der Kirche gehört. Nein, gerade ich, der Gott töten will und wird, werde der Kirche dieses Word nehmen, werde es zu meinem machen.

Es muss ganz zu Anfang gewesen sein, als Juliana uns erzählte, dass sie ein wenig aufpassen müsse, nicht alles mitmachen könne, weil sie einen Nabelbruch erlitten habe. Einen Nabelbruch? Für ein Schulkind ist das ein unbekanntes Wort. Selbst, als sie es mir zeigte und mich über ihren Bauch fühlen ließ, konnte ich es nicht ganz verstehen. Denn erst spürte ich nichts. Ich wunderte mich, denn immerhin war ihr Bauchnabel nicht gebrochen!

Es muss im Jahr 1988 oder 1989 gewesen sein, als ich mit Mario und Max im Garten stand und Mario uns auseinandersetzte, wie und wo man jemanden hinschlagen müsse, um ihn durch Atemnot außer Gefecht zu setzen.

Man müsse auf den Solarplexus direkt unterhalb des Sternums zielen, meinte er großspurig. Damals glaubten wir ihm einfach. Als Rettungssanitäter weiß ich heute, dass er recht hatte und offensichtlich sehr genau wusste, wovon er sprach.

Kurz darauf befand ich mich allein im Garten und ließ Marios Lektion im Geiste Revue passieren. Dabei strich ich mit meiner Hand über meine Brust und spürte unterhalb des Sternums eine kleine Wölbung. Es kam mir ein wenig tief vor, doch ich war überzeugt, den Solarplexus gefunden zu haben. Es schmerzte, wenn ich Druck darauf ausübte.

Erst Jahre später, nach meiner Ausbildung zum Rettungssanitäter, wurde mir klar, dass ich eine Bauchdeckenhernie habe – einen Nabelbruch. Auch wenn die umgangssprachliche Bezeichnung in meinem Kopf herumschwirrte, verhinderte mein perfektionierter Verdrängungsmechanismus zunächst weitere Schlüsse.

Das blieb so, bis ich eines Abends im Sommer 2020 ungebremst mit 220 Sachen zurück in meine Erinnerungen raste, ganz so, wie Romain Grosjean beim Großen Preis von Bahrain mit 220 Stundenkilometer frontal in die Leitplanke krachte.

Der meine Erinnerungen mühsam einhegende Verdrängungsmechanismus platzte auseinander wie in flüssigen Stickstoff getränkte Ketten und die Bilder prasselten nur so auf mich ein. Es sollten viele Wochen vergehen, ehe ich sie zu ordnen vermochte. Und noch mehr Zeit zog ins Land, bevor ich den Begriff »Stigmata« für mich entdeckte.

Meine Fragen diesbezüglich an einen befreundeten Theologen ließen mich ernüchtert zurück. Er ist selbst nicht gläubig, und erklärte mir, dass damit die Wundmale Jesu gemeint seien und die Kirche diesen Begriff für sich beanspruche.

Für mich aber steht eines fest: Ein Stigma muss kein göttliches Zeichen, kein Mal Jesu sein. Ich habe ein Stigma. Habe genau die gleiche Besonderheit an der gleichen Stelle, wie Juliana sie hatte.

Ich habe etwas, das mich immer an sie erinnern wird, etwas, das mir keiner nehmen kann, das immer da ist; etwas, das uns für immer verbinden wird.

Ich weiß nicht, ob ich es schon immer besessen hatte, aber ich weiß seit 1988 oder 1989, das ich es habe. Auch wenn ich lange Angst davor hatte, dass es operiert werden müsse, bin ich mittlerweile glücklich darüber. Auch wenn es, biologisch betrachtet, nur eine zufällige Gemeinsamkeit ist, so ist es für mich doch viel mehr. Es ist ein Teil von ihr, den ich in mir trage. Es hat etwas Mystisches an sich.

Es ist für mich wie eine Narbe, unbeabsichtigt zugefügt von einem Dritten, die als Erinnerung an Juliana bleibt.

Mir ist noch etwas anderes eingefallen über unsere gemeinsame Zeit: Als der Herbst ins Land zog, küsste Juliana mich nicht mehr so gerne, weil sie rissige und spröde Lippen bekommen hatte. Diese Erinnerung kam zurück, als ich – wie sollte es anders sein? – wieder einmal Musik hörte. *Hell is living without You*, von Alice Cooper. Bei der Textzeile, »on my lips your memories«, machte es »Klick«.

Auch ich leide bis heute unter spröden Lippen …

# Freunde für die Ewigkeit

Im Sommer 1989 stand der Schulwechsel an. Ich kam auf die nahegelegene Hauptschule, denn Schule war nicht meins.

Das sich dort mein Interesse am Unterricht bessern sollte, ich letztlich meine Fachoberschulreife erreichte, spielt für diese Geschichte keine Rolle, auch meine Freunde und Klassenkammeraden dort nicht wirklich. Zu erwähnen ist nur, dass ich wieder mit Mara in eine Klasse kam. Aber zu jener Zeit entfernten wir uns ein wenig voneinander, sprich, wir verbrachten außerhalb der Schule keine Zeit mehr miteinander. Was nicht heißen sollte, dass wir uns egal gewesen wären. Wenn es Probleme gab, waren wir füreinander da. Aber die Interessen und Freunde drifteten auseinander. Im achten Schuljahr absolvierten wir unser erstes Schulpraktikum, das uns zufällig in denselben Betrieb führte: eine Autowerkstatt eines großen Autohändlers ganz in der Nähe. Für Mara lief das Praktikum nicht so gut. Ende 1992 hatte ein Mädchen in einer Autowerkstatt einen schweren Stand. Sie musste sich Sprüche anhören und wurde nicht gut behandelt.

Ich traf mich mit Mara, die mittlerweile auf eigenen Wunsch in einem Heim lebte, jeden Morgen an der Bushaltestelle. So kam es auch, dass ich nach zweieinhalb Wochen, als sie das Praktikum hinschmeißen wollte und es letztlich auch tat, zugegen war. Und natürlich war ich für sie da. Wir gingen an diesem Tag einfach nicht hin, schlenderten stattdessen in die Stadt und verbrachten einen schönen Vormittag miteinander. Wir redeten viel.

Später gingen wir noch ins nahegelegene Biotop, setzen uns an den kleinen Bach und führten unsere Unterhaltungen fort. Es war nasskalt, aber das war uns egal, wir hatten noch reichlich Zeit. So kam es dann auch, dass wir auf Juliana zu sprechen kamen. Und auch wenn es mir weh tat, konnte ich mit Mara darüber reden. Sie gehörte dazu, war ihre beste Freundin und hatte auch sehr unter dem Geschehenen gelitten – wie sehr, erfuhr ich erst an diesem Tag. Was sie mir damals sagte, werde ich nie vergessen. Sie ging in unserem Gespräch auf die Gerüchte ein; war gar überzeugt, dass der Vater das Feuer gelegt hätte. Sie erzählte, dass sie in jener Nacht bei ihrer Oma habe schlafen dürfen. Ihre Oma wohnte am Spielplatz ganz in der Nähe. Sie erzählte auch, dass sie und Juliana eigentlich zusammen bei ihrer Oma hätten übernachten wollen, Juliana aber nicht durfte, und weiter, dass sie am Morgen beim Brötchenholen noch die Feuerwehr in der Straße gesehen habe und Juliana mittags habe fragen wollen, was dort geschehen sei.

Ich möchte ihr das alles glauben und tue es auch. Aber mir kommt auch immer wieder der Gedanke, ob sich in ihren Erzählungen nicht nur ihr Wunschdenken spiegelt? Vielleicht ist es aber auch mein Wunschdenken, glauben zu wollen, dass es nicht noch schlimmer, noch tragischer sein könnte, als es ohnehin schon war.

Mara gab sich eine Teilschuld, stellte sich immer wieder die Frage, warum sie nicht energischer darauf gedrängt habe, dass Juliana doch bei ihrer Oma übernachten durfte.

Doch sie trägt keine Schuld. Sie konnte die Tragödie ebenso wenig verhindern wie ich. Aber ich verstehe sie. Auch mich martert die Schuldfrage …

## Peter Maffay, Tabaluga und Lilli – Wenn eine Hoffnung stirbt

An diesem Tag äußerte Mara mir gegenüber auch einen Vorwurf, den sie mir bereits seit Beginn des vierten Schuljahres machte. Zu Beginn jenes Schuljahrs kam Natascha in unsere Klasse, blond und niedlich. Das erste ungewollte Missgeschick passierte ihr kurz nach der Vorstellung. So sollte sie sich einen Platz suchen und entschied sich für den freien Platz zwischen Diana und Mara, was abrupt und sehr unhöflich von Mara verhindert wurde. Natascha konnte natürlich nicht ahnen, dass der freie Platz zwischen ihnen ausgerechnet Julianas Platz war, der seit ihrem Tod bewusst freiblieb. Ich bin mir auch nicht sicher, ob Natascha jemals erfahren hat, warum sie dort nicht sitzen durfte.

Dieser Zwischenfall war für Mara aber nicht weiter tragisch und schnell geklärt. Womit ich Maras Groll in Bezug auf Natascha auf mich zog, war viel mehr mein Interesse an ihr.

So versuchte ich bereits im Schullandheim immer wieder, in Nataschas Nähe zu sein und mich mit ihr anzufreunden. Zugegeben, sie gefiel mir, und so tauchte ich an Ostern 1989 mit einem kleinen Geschenk bei ihr auf. Sie war damals mit ihrer älteren Schwester allein zu Hause und die beiden wollten zu Ostern etwas backen, als ich erschien.

Ihre Schwester fand mich wohl recht niedlich, wie ich da mit meinem Osterei und dem pinken Bleistift vor der Tür stand. Sie merkte natürlich sofort, welche Absicht dahintersteckte. Sie amüsierte sich zwar etwas darüber, ermutigte Natascha aber auch dazu, sich auf mich einzulassen. Wir saßen also auf Nataschas Bett, unterhielten uns, machten Blödsinn und betrachteten schließlich ein Fotoalbum von ihr. Ihre Schwester konnte sie dazu überreden, mir ein Foto von ihr zu schenken.

Besagtes Foto wanderte in mein Federmäppchen. Es dauerte nicht lange, bis das in der Klasse auffiel. Mara empfand es als respektlos, dass ich mich nach etwas mehr als zwei Jahren nach Julianas Tod für eine andere interessierte. Aber was sollte ich machen? Ich hatte schon früh gelernt, dass ich mit dem Geschehenen leben musste, und schließlich ging mein Leben weiter, so traurig und tragisch Julianas Tod war.

Ich war glücklich, Mara all das im Biotop am Bach sagen zu können. Es ist schade, dass wir uns nach der Schule und einer zufälligen Begegnung im Jahr 2000 aus den Augen verloren haben. Bald darauf erfuhr ich, dass sie sich verlobt hatte und ein Hauskauf bevorstand.

Sollte Mara jemals Hilfe brauchen, werde ich für sie da sein. Schließlich ist sie ebenfalls ein Mitglied unseres *Clubs der Verlierer* – in Anlehnung an Stephen Kings »Es«.

Ja, Verlierer sind wir in gewisser Weise alle. Vor allem für Mario kam es ganz dicke.

Als ich ihn vor einigen Jahren in einer Kneipe in unserer alten Gegend wiedertraf, freute ich mich sehr. Wir sprachen über unsere Kindheit, aber auf Juliana kamen wir nicht zu sprechen. Mario hatte bis dahin weder Glück in der Liebe noch beruflich ein glückliches Händchen bewiesen.

Tamara habe ich seit der Schule leider nicht mehr gesehen. Dennoch, wir vier sind und bleiben der Club der Verlierer. Wir vier – und natürlich Juliana – waren damals die
besten Freunde.

# Dämon #2

Die ganzen Jahre über blieben die Verdrängung und das Perfektionieren derselben meine höchste Disziplin.

Da ist aber noch ein anderer Dämon, der mir zu schaffen macht(e): der Westfriedhof. Ihr Grab, das ich nie wirklich besucht habe. Ich weiß noch ungefähr, wo es sich befunden hatte. Wenn ich mit meinen Großeltern auf den Friedhof ging, ließ ich mir die wildesten Ausreden einfallen, um nicht an Julianas Grab vorbeigehen zu müssen.

Wenn wir auf dem Hauptparkplatz parkten, bevorzugte ich einen kleinen Weg an der Rückseite der Kapelle vorbei, den wir zum Glück auch meistens nahmen, zumindest, wenn ich mit meinen Großeltern dort war. Meine Mutter aber bestand darauf, jenen Weg zu nehmen, der an Julianas Grab vorbeiführte. Ich ging unter großem Protest mit, ich hatte keine Wahl.

Ich habe das Grab eigentlich nie wirklich gesehen, vielleicht ein einziges Mal flüchtig. Wenn wir es passierten, sah ich schon eine ganze Zeit vorher in die andere Richtung. Ich spürte förmlich, wenn wir in der Nähe waren, denn dann begann der emotionale Schmerz in meiner Brust zu pochen, der erst wieder abklang, wenn wir das Grab hinter uns ließen.

Besonders herausfordernd waren jene Momente, in denen meine Mutter versuchte, mich auf Julianas Tod anzusprechen oder in denen sie vorschlug, beim Grab stehenzubleiben. Wie sollte ich dem entkommen? Irgendwie habe ich es immer geschafft, meinen Unwillen als Desinteresse darzustellen, meist, in dem ich mich maximal

genervt aufführte, was nur zum Teil gespielt war. Ich
wollte nicht darüber reden und nichts davon hören. Wage
erinnere ich mich, dass meine Mutter einmal am Grab ste-
henblieb und mich resolut aufforderte, zu ihr zu kommen.
Gott sei Dank waren meine Großeltern anwesend. Sie ent-
schärften die Situation und nahmen mich in Schutz.

Was meine Mutter damit zu bezwecken gedachte, weiß
ich nicht. Ich werde ihr dieses Buch zu lesen geben. Irgendwann.

Noch lange Zeit blieb der Weg, der an Julianas Grab vorbeiführte, für mich der »gefährliche Weg«. Wenn ich recht
darüber nachdenke, hat sich daran bis heute nichts geändert. Selbst im Jahr 2006 schlug mein Herz auf der Beerdigung meines Großonkels plötzlich schneller, als wir von
der Kapelle aus nach rechts abbogen in Richtung ihres Grabes. Glücklicherweise nahm der Trauerzug dann doch einen anderen Weg. Das Schauspiel wiederholte sich bei der
Beerdigung meines Onkels einige Jahre später. Da ich aus-
gebildeter Rettungssanitäter war, musste ich mich um eine
ältere Dame kümmern, die zusammengebrochen war. So
kam ich einmal mehr umhin, die Stelle von Julianas Grab
passieren zu müssen.

Dass ich überhaupt den Beruf des Rettungssanitäters ergriffen hatte, hängt übrigens unmittelbar mit Julianas Tod
zusammen …

Als Nächstes will ich mich diesem Dämon stellen. So
habe ich mir den ungefähren Ort des Grabes bereits auf
Google Earth angesehen und als Bild gespeichert. Habe
mir gestern Abend auch zum ersten Mal nach all den Jahren ihr Haus auf Google Earth wieder angesehen. Aber
nun will ich mich meinem Dämon #2 stellen, auch wenn

das Grab nach 34 Jahren nicht mehr existieren wird, falls ihre Eltern es nicht verlängert haben. Ich werde morgen mit meiner Schwester dorthin gehen, werde versuchen, mich an den genauen Ort zu erinnern, hoffen, dass es noch da ist. Bangend, flehend, dass ich endlich dazu in der Lage sein werde, wozu ich bisher nicht in der Lage war: An ihrem Grab stehen. Mich verabschieden.

Ich gehe nicht allein, weil ich nicht weiß, was passieren wird, wenn es noch da ist und ich es finde. Ich nehme meine Schwester mit und nicht meine Frau, weil ich es meiner Frau nicht zumuten möchte, diesen Weg mit mir zu gehen. Auch wenn ich weiß, dass sie es tun würde und ich auch weiß, dass sie mir es krummnehmen wird, dass ich nicht mit ihr dorthin gegangen bin. Ich will es ihr einfach nicht zumuten. Es war schon nicht einfach für sie, nach 14 Jahren Beziehung zu erfahren, dass es da vor langer Zeit schon mal jemanden gab, den ich als meine große Liebe bezeichnete und noch bezeichne. Es ist verständlich, dass meine Frau die einzige Frau in meinem Leben sein möchte.

Ich kann daher auch nur an diesem Buch arbeiten, wenn ich allein bin. Kann mit meiner Frau kaum über Juliana sprechen. Meine Schwester ist die einzige, mit der ich gelegentlich über das Zurückliegende spreche.

# Die Begegnung mit dem Dämon #2

Ich habe es getan, bin mit meiner Schwester dort gewesen. Mein innerer Kompass scheint noch zu funktionieren.

Als wir den langen Weg von der Kapelle aus entlangschritten und der Abzweigung näherkamen, die zu ihrem Grab führen musste, stieg in mir die Gewissheit auf, die Stelle zu finden.

Einen kleinen Umweg mussten wir noch gehen, weil eine Baustelle an den Wirtschaftsgebäuden den Weg versperrte. Wir bogen nach dem Umweg links ab, und ich verlangsamte unweigerlich mein Tempo und sah mir die freien Flächen auf der linken Seite an.

Hier irgendwo bei den längst zurückgebauten Gräbern musste die Stelle ihres Grabes gewesen sein; das spürte ich nun ganz deutlich.

Meine Schwester ging ein Stück voraus. Ich blieb plötzlich stehen. Sah ein altes, mit Rhododendron überwuchertes Grab mit einem glatten, glänzenden Stein, von dem ich sofort wusste, das es nicht das richtige war. Daneben eine weitere freie Fläche und im Augenwinkel erkannte ich ein altes Grab. Dahinter befanden sich moderne Urnengräber in einer Art Kolumbarium. Mein Blick wanderte zu dem glatten, glänzenden Stein. Nein, er wies einen unbekannten Namen aus, wie mir bereits vorher klar gewesen war. Ich schaute nach links zu der freien Fläche. Auch sie fühlte sich falsch an. Doch hatte mich längst eine innere Unruhe ergriffen. Ich befand mich am richtigen Ort.

Meine Schwester fragte mich unvermittelt nach Julianas Nachnamen, damit sie mir bei der Suche helfen konnte.

»Volkmann«, sagte ich wie beiläufig.

Als sie praktisch im selben Augenblick ein ungläubiges, »NEIN«, ausstieß, erschrak ich und erstarrte förmlich. Ich kannte ihr »NEIN« nur allzu gut und wusste es zu deuten. Ich drehte mich schlagartig um, das gleiche, »NEIN«, sagend. Dann sah ich, dass sie auf das Grab rechts neben mir starrte. Jenes Grab, welches ich nur im Augenwinkel wahrgenommen hatte. Ich wandte mich etwas nach links, und bereits im Umdrehen, ohne etwas zu sehen, stieß ich entsetzt hervor: »Scheiße, nein!«

Der Blick meiner Schwester langte mir als Vergewisserung. Das Grab war noch da und sie hatte es gefunden. Ich starrte auf den großen Stein, las die Inschrift, aber es dauerte noch einige Augenblicke, ehe ich aufnehmen konnte, was dort geschrieben stand … bis zu meinem Bewusstsein vordrang, dass ich wirklich hier war, an ihrem Grab.

Wir standen also am Grab. Ich sah auf den großen Stein mit der Inschrift: »Geschwister Volkmann«. Daneben ein Hirte und vier Schade als Sinnbild für Jesus, der über seine Schäfchen wacht.

Nun erinnerte ich mich plötzlich wieder daran, diesen Stein bereits einmal gesehen zu haben. Aber ich hatte es lange verdrängt. Ich musterte die frischen Blumen, die vor dem Stein wuchsen. Rechts eine Schale mit blühenden Narzissen. Sie waren frisch. Links ein Gesteck mit Herbstbepflanzung. Ebenfalls frisch. Die Grabkerzen waren alle bereits erloschen. Aber es musste vor kurzem noch jemand hier gewesen sein; jemand kümmerte sich um das Grab.

Ich bewegte mich neben dem Grab her auf den Stein zu, denn ich wollte die Inschrift der kleinen, in die Erde eingelassenen Steine lesen. Ich wusste instinktiv, dass dort ihre

Namen stehen würden. Und ich musste sie lesen, auch wenn mir alleine bei dem Gedanken daran ein Schauer über den Rücken lief.

Beim ersten Namen stockte ich. Ich hatte erwartet, dass die Namen dem Alter der Kinder nach angeordnet wären. Aber dort stand: *Belana 1979-1986*.

Es fiel mir wie Schuppen von den Augen. Belana war Julianas kleine Schwester, die ich auch flüchtig kannte, die gelegentlich von der Schule mit uns nach Hause gelaufen war und die mich gerne geärgert hatte. Belana! All die Jahre hatte ich mich an ihren Namen nicht erinnern können. Und nun stand er einfach da.

Selbst mit 12, als ich nochmals eine Belana kennengelernt hatte, mit der ich schließlich sogar zusammenkam, blieb Julianas Schwester in der Düsternis meiner Verdrängungsstrategien verborgen.

Ich sah weiter nach rechts, sah nun, wonach ich gesucht hatte: *Juliana 1978-1986*.

Mir stockte der Atem. Ich fühlte mich schwer und komisch. Die Tränen schossen mir augenblicklich in die Augen, liefen mir dank meines antrainierten Reflexes aber nicht enthemmt über die Wangen. Ich stand dort also an ihrem Grab und wollte am liebsten ... ehrlich gesagt weiß ich gar nicht, was ich in diesem Augenblick wollte. Ich stand einfach da, vermochte das Gefühlschaos in meiner Brust nicht zu ordnen. Juliana war tot. Es stand klipp und klar auf dem Stein.

Ich hätte am liebsten losgeheult wie ein Schlosshund, wie am ersten Abend meiner Reise in die Erinnerungen. Doch ich konnte nicht; meine Konditionierung war zu stark. Es dauerte noch eine ganze Zeit, bis ich mich gesammelt hatte und weiterlesen konnte.

Ihre Brüder hatte ich nie persönlich kennengelernt. Ich wusste nicht, wie alt sie geworden waren, kannte nicht einmal ihre Namen. Ich las also die Inschrift des nächsten Steins: *Marcel 1985-1986.*

Ich hielt erneut inne. Marcel wäre heute so alt wie meine Schwester und meine Frau, war vom gleichen Jahrgang. Meiner Schwester fiel es auch auf, sie meinte traurig: »Ich wäre wohl mit Marcel zur Schule gegangen, wenn das nicht passiert wäre.«

Ja, möglich. Vielleicht hätten die beiden sich sogar auch schon früher kennengelernt. Im Kindergarten oder durch Juliana und mich; sie wären bestimmt auch zusammen in die Schule gegangen, hätten sich angefreundet, miteinander gespielt.

Ich las weiter: *Jan 1983-1986.*

Und da fiel es mir wieder ein. Ich kannte Jan, er hatte 1986 bereits den Kindergarten besucht. Juliana holte ihn ab, wenn wir um 12 Uhr schulfrei hatten. Und natürlich begleitete ich sie dabei, um noch ein bisschen mehr Zeit mit ihr verbringen zu können. Schließlich waren wir damals von unseren Eltern abhängig und wussten nie, ob wir uns mittags wiedersehen würden.

Ich begleitete sie also wenigstens ein kleines Stück. Ich meine mich zu erinnern, dass es sich für mich gut anfühlte, ihren Bruder gemeinsam abzuholen. Und Juliana wird es ebenso gegangen sein. Wir gehörten zusammen, waren eins, waren Julianaundmarc – bewusst zusammengeschrieben.

Sie ging das Risiko ein, dass die Erzieher oder andere Eltern uns zusammen am Kindergarten sehen würden. Sie tat das für mich. Ich glaube, wir beide waren damals unserem Alter weit voraus.

Ich hatte mir immer wieder vorgestellt, wie ich reagieren würde, wenn das Grab wirklich noch existieren sollte. Ich malte mir aus, dass ich eine Grabkerze kaufen würde, dass ich auf diese, »Ich werde Dich nie vergessen. In Liebe Marc«, schreiben würde. Doch wie ich nun entsetzt feststellen musste, konnte man offensichtlich an einem Mittwochnachmittag rund um den Friedhof weder Blumen noch Grabkerzen kaufen. Also werde ich in den nächsten Tagen noch einmal dorthin fahren, werde eine Kerze dort lassen. Aber dieses Mal allein. Dieses Mal möchte ich frei sein, mich meinen Gefühlen hingeben können.

Von anderen Vorhaben, die mich zwischenzeitlich umtrieben, habe ich wieder Abstand gewonnen. Ich spielte mit dem Gedanken, am 1. November eine große und drei kleine Feuerschale am Grab aufzustellen, wie sie auch an Allerheiligen üblich sind. Aber mir kommen Zweifel. Das Grab wird noch besucht, jemand kümmert sich um es. Wie wird es für diese Person sein, wenn nach 34 Jahren plötzlich ein unbekannter Dritter dort Dinge hinstellt? Mich beschlich bereits ein komisches Gefühl, als meine Schwester und ich ohne Kerze zum Grab zurückkehrten und sie dann ein Herz aus Eicheln vor dem Grabstein legte.

War es angemessen? War es richtig, so etwas zu tun? Ich habe mir in den letzten Wochen immer wieder diese Fragen gestellt. Ich bin mittlerweile 42 Jahre alt, und das alles ist schon so lange her. Steht es mir nach all der Zeit des

Verdrängens noch zu, so zu empfinden? Dies jetzt zu zeigen?

Ich liebe sie doch noch immer …

Beim Schreiben kommen mir immer wieder die Tränen und ich muss unterbrechen. Juliana war mein Leben, war meine große Liebe, war mir so wichtig, dass es auch nach 34 Jahren immer noch so verdammt wehtut. Ich kann es kaum aushalten. Aber wie sehen es andere? Wie ist das nüchtern betrachtet zu bewerten? Ein 42-Jähriger, der einer Achtjährigen nachtrauert? In dunklen Stunden zweifle ich an mir selbst, und dieses Buch ist auch mein Versuch, mich selbst zu verstehen.

Aber Zeit spielt in solchen Fällen vielleicht auch gar keine Rolle. Zeit heilt nicht alle Wunden, aber man gewöhnt sich an den Schmerz. Wann gewöhne ich mich an den Schmerz? Auf der anderen Seite ist dieser Schmerz Erinnerung. Und ich möchte Juliana nicht vergessen. Der Schmerz ist ein Teil von mir.

Ich habe mir vorgenommen, an ihrem Todestag zum Friedhof zu fahren, vier Kerzen aufzustellen, drei kleine und eine große. Ich werde auch in Zukunft dort gelegentlich vorbeischauen, werde mich erinnern, werde trauern. Ich fürchte mich nicht mehr davor, dort eines Tages Verwandte zu treffen. Vielleicht kann ich sogar mit ihnen ins Gespräch kommen, mehr erfahren. Aber das werden wir sehen.

# Der 31. Dezember 2020

Wie so oft im Leben kam es auch hier anders. Der 31. Dezember brach an und ich entschied mich um. Ich wollte mehr machen, auch wenn es für Außenstehende abstrus klingen mag.

Ich überlegte mir, wie ich es meiner Frau beibringen würde und was ich zum Grab mitnehmen würde.

Ersteres gestaltete sich am 30. Dezember plötzlich ganz einfach. Wir besprachen, was wir essen wollten, und entschieden uns für meinen Kartoffelsalat, für den ich noch einkaufen musste. Da erwähnte ich, dass ich ohnehin noch zum Friedhof wolle und auf dem Rückweg einkaufen gehen könne.

Die Nachfrage meiner Frau kam mir ein wenig komisch vor. Sie fragte, welchen Friedhof ich meine. Ob ich das Grab meines Großonkels besuchen wolle? Ich war jedoch seit der Beerdigung nicht wieder dort gewesen. Ich zog also meine Augenbraue in bester Spock-Manier hoch. Ich schüttelte den Kopf. Zum Glück begriff sie es dann. Ich bot ihr an mitzukommen, wohl wissend, dass sie es ablehnen würde, aber ich wollte sie nicht ausschließen. Ich hätte sie auch gerne mitgenommen. Vielleicht würde ich anschließend offener mit ihr über dieses Thema sprechen können. Aber ich war auch nicht enttäuscht, als sie entgegnete, mich nicht begleiten zu wollen, da sie nicht um jemanden trauern könne, den sie nicht einmal kenne.

Ich fuhr also am 31. Dezember vormittags zum Friedhof. Etwas mitzunehmen hatte ich zuvor wieder verworfen; ich fand meine Idee dann doch zu merkwürdig.

Ich stand an diesem Tag länger als sonst an Julianas Grab, konnte mich lange Zeit nicht rühren. Ich stand so still, dass sich schließlich sogar ein Eichhörnchen näherte. Es kam immer näher, huschte hinter den Grabstein, kam wieder zum Vorschein. Dann bemerkte es mich doch. Es blieb stehen, sah mich an, huschte auf den Baum neben dem Grab, kam mir auf dem Ast über mir dann wieder sehr nah. Schnell verschwand es über einen anderen Baum.

War das ein Zeichen? Ich freute mich jedenfalls über den Besuch des Eichhörnchens.

Kurze Zeit später ärgerte ich mich doch wieder, nichts mitgenommen zu haben. Also nahm ich mir vor, nach dem Einkaufen nochmal zurückzukommen. Umso enttäuschter war ich, als ich im Supermarkt nicht fand, wonach ich suchte. Ich ging also zurück zum Auto, verstaute die Einkäufe und rauchte eine Zigarette, als ich bemerkte, dass der Gartenmarkt gegenüber geöffnet hatte. Aber statt auszusteigen und hinüberzulaufen, blieb ich zunächst sitzen und überlegte, ob ich das wirklich tun sollte.

Wenn ich es aber nicht tat, würde ich es später doch bereuen. So kaufte ich ein kleines Töpfchen Glücksklee mit einem Schornsteinfeger sowie eine Kerze und fuhr erneut zum Friedhof. Ich stellte beides aufs Grab, wieder direkt hinter ihren Stein. Lediglich auf die Aufschrift, »Sorry für die 34 Jahre Verspätung«, musste der Klee verzichten. Aber ich fühlte mich gut. Nun hatte ich Juliana, wenn auch erst nach 34 Jahren, gebracht, was ich bereits an diesem schicksalshaften Tag für sie gehabt hatte. Auch heute treiben mir meine damaligen Worte noch die Tränen in die Augen. Das muss Liebe sein. Und ja, das war es auch. Und ist es noch immer.

# Der Spießrutenlauf

Die ganzen Jahre über versuchte ich krampfhaft alles zu vermeiden, was mich an Juliana erinnerte.

Das bezog sich nicht nur auf Orte. Alles, was ähnlich klang wie ihr Name, bereitete mir Probleme. So war ich wohl der einzige Mensch auf diesem Planeten, der von seinem Geburtsmonat in Zahlen sprach, denn schließlich ist es nicht weit von Juli zu Juliana. Ich hasste es lange Zeit, im Juli geboren zu sein, und habe auch heute noch gelegentlich damit zu kämpfen.

Ende 2005 und Anfang 2006 kam es dazu, dass unsere Bereitschaft durch eine neue Kollegin ergänzt wurde. Eine Frau in einem von Männern dominierten Beruf ist immer eine kleine Besonderheit und fällt auf. Hier war es für mich aber sehr besonders, denn die junge Frau, die eines Mittags zu uns in die Fahrzeughalle kam, wo wir mit dem Desinfizieren der Rettungswagen beschäftigt waren, stellte sich uns als Juliana vor.

Das allein reichte schon, mein mit Verdrängung beschäftigtes Unterbewusstsein an den Rande eines Kollaps zu bringen.

Da war nun mein Problem. Ich musste mich mit ihrem Namen auseinandersetzen. Schon erstaunlich, dass ich bis dahin niemanden mit diesem Namen getroffen hatte.

Nun gut, wie am besten mit dieser Situation umgehen?

Ich konnte nicht verhindern, ihr auf Bereitschaftstreffen oder im Dienst über den Weg zu laufen. Okay, für das Fernbleiben an einem Treffen hätte ich Ausreden finden können, dann wären mir aber auch die guten Dienste durch die Lappen gegangen. Ich hätte sie ignorieren können, bei Gesprächen auf Durchzug stellen können, schließlich kann ich das besonders gut.

Aber während eines Dienstes funktionierte das nicht. Wie soll das auch gehen, dass der Transportführer seine Fahrzeugführerin meidet? Letztlich hätte es auch Fragen aufgeworfen, wenn ich sie nie mit ihrem Namen angesprochen hätte. Und jemandem einen Spitznamen zu verpassen, obwohl ich diese Person kaum kenne? Nur Dienste machen, die sie nicht macht? Alles kaum möglich, denn wir besetzten häufig nach, und dann wäre sie eines Tages einfach dagewesen, wenn auch ich zum Dienst eingetragen war. Nach ihr fragen, ehe ich einen freigewordenen Dienst annahm, und dann im Zweifel ablehnen? Auch das hätte ich rasch erklären müssen. Selbst der Gedanke, zu einer anderen Organisation zu wechseln, kam mir in den Sinn. Dabei war ich doch hier sehr zufrieden.

Letztlich musste ich in den sauren Apfel beißen, was sich im Nachhinein als ein wichtiger Schritt für mich erwies. Und schließlich fand ich sie auch recht schnell nett, wollte sie kennenlernen und Zeit mit ihr verbringen. Und mal ehrlich, wie sieht das aus, wie fühlt es sich an, wenn ich die Frau, mit der ich letztlich sogar ein paarmal im Bett landete, nicht mit ihrem Namen ansprechen würde?

Es ist mir bis heute ein Rätsel, wie ich die Verknüpfung in meinem Kopf aufgrund der Namensgleichheit bei dieser einen Frau hatte trennen können. Aber es funktionierte, bis ich sie im Jahr 2012 zum letzten Mal sah. Diese Juliana war eben nicht meine Juliana.

Doch auch sonst war ich ein Meister darin, vor meiner Vergangenheit davonzulaufen. Nicht nur, dass ich im Jahr

1997 ursprünglich zur Marine wollte, um mich so weit wie möglich von Zuhause entfernen zu können. Ich war im Gegensatz zu vielen anderen bei uns nie sehr heimatverbunden, wollte immer lieber woanders sein. Ich habe mehrfach über das Auswandern nachgedacht und stand 2010 auch kurz davor. Auch meinen eigenen Namen mochte ich nie, hasste ihn gar. Im Grunde wollte ich nicht der sein, der ich bin. Denn wenn ich ein anderer wäre, ich woanders wäre, wäre mir all dies erspart geblieben.

Mittlerweile bin ich mit mir im Reinen. Meine Flucht vor mir und meiner Vergangenheit musste vorher aber erst noch erschreckendere Züge annehmen, ehe ich zu diesem Zustand fand. Es war im Jahre 2009, als ich mit meiner Oma einen gekauften Fernseher reklamieren wollte. Die junge Frau, die sich unserer annahm, sprach mich an und meinte, dass wir uns aus der Schule kennen würden. Ich erkannte sie nicht, machte sofort dicht und reagierte sehr ablehnend. Ich erwiderte harsch, von der Schulzeit nichts hören zu wollen.

Zurück zu Hause erschrak ich vor mir selbst. Was hatte ich da überhaupt gesagt? Und warum? Eine solche dünnhäutige Reaktion war eigentlich ganz und gar untypisch für mich. Und dann fiel mir auf, wem ich da eigentlich begegnet war. Es war genau jene Klassenkameradin, an der ich mit 14 Jahren für einige Zeit sehr interessiert gewesen war. Ich schäme mich für diesen Vorfall. Er half mir aber gleichzeitig, mich weiterzuentwickeln.

# Warum mich mein Weg zum Rettungsdienst führte

Ich ging 1999 wieder zur Schule wollte mein Abi nachholen und Archäologie studieren, ein Fach, das mich seit meiner Kindheit begeisterte. Eine Dokumentation über die Entdeckung des Grabes von Tutanchamun durch Howard Carter hatte meine Begeisterung in frühster Kindheit geweckt.

Dann wurde meine damalige Freundin und jetzige Ex-Frau schwanger. Sie befand sich gerade in der Ausbildung, und ich sollte mich jetzt noch ewig Schule und Studium widmen? So kann man keine Familie durchbringen. Ich musste umplanen, Geld verdienen.

Mir kam gelegen, dass gerade meine Verweigerung des Wehrdienstes bestätigt worden war. Um den Zivildienst kam ich ohne Schule aber nicht mehr herum. Auf der Liste der möglichen Tätigkeiten fielen mir *Unfallrettung* und *Krankentransport* auf. Warum nicht? Nur weil mein Vater glaubte, dass das nur etwas für harte Kerle sei und ergo nichts für mich? Was hatte ich zu verlieren? Entweder hatte er recht und ich elf Horrormonate vor mir oder ich hatte die Chance, in einen erfüllenden Beruf hineinzuwachsen. Immerhin interessierte ich mich schon lange für den Rettungsdienst, der aufgrund meines Archäologiewunsches aber ins Hintertreffen geraten war.

Dabei muss ich mir eine Frage stellen? Woher rührt mein Interesse am Rettungsdienst? Zur Polizei zu gehen, war nie Thema für mich. Ich wollte mit Waffen nichts zu tun haben. Feuerwehrmann? Nein, schließlich hatte ich panische Angst vor Feuer. Logisch.

Aber Rettungsdienst … doch, wenn ich darüber nachdenke, passt es. Damals war ich hilflos gewesen, hatte die Tragödie nicht verhindern können. Wenn ich schon nicht als Feuerwehrmann Brände direkt bekämpfen konnte, so konnte ich im Rettungsdienst immerhin Menschen helfen und vielleicht auch ein bisschen was zur Prävention beitragen.

Damals musste ich glauben, was die Erwachsenen mir sagten. Juliana sei nicht mehr zu helfen gewesen. Wahrhaben wollte ich es nie.

Heute, nachdem ich auch häufig mit den Kollegen von der Feuerwehr zusammengearbeitet habe, weiß ich ganz genau, dass sie alles versuchten, um das Leben der Kinder zu retten.

Zehn Jahre lang arbeitete ich im Rettungsdienst. Zum Glück hatte ich nur einen einzigen Einsatz mit einem kleinen Kind – das war in einer Kita. Der Junge war vom Klettergerüst gefallen und schrie aus Leibeskräften, als er uns sah. Bei Einsätzen mit Kindern gibt es nichts Schöneres, als sie schreien zu hören, denn Kinder trüben bei schweren Verletzungen und Erkrankungen schnell ein. Deshalb ist ein schreiendes Kind eines, dem es den Umständen entsprechend gut geht.

Aber ich denke, dass ich in den zehn Jahren Aktivdienst und in den Jahren danach am Telefon des ärztlichen Bereitschaftsdienstes einen guten Job gemacht habe. Auch am Telefon durfte ich durch den Hinweis auf den Rettungsdienst oder die direkte Vermittlung wohl einige

Leben retten. Aber auch hier gab es Tragödien, mit denen ich mich auseinandersetzen musste …

Ich erinnere mich zum Beispiel an eine junge Frau, die für ihre Freundin anrief, weil diese kurz zuvor erfahren hatte, dass ihr Mann bei einem Autounfall ums Leben gekommen war. Das waren solche Momente, in denen mir der Atem stockte und ich mich kurz sammeln musste, obwohl es mir meist nicht schwerfiel, emotionalen Abstand zu den Patienten zu wahren und mich nicht mitreißen zu lassen. Ich bin wohl, wie meine Frau es beschreibt, ein sehr emotionsarmer Mensch, den fast nichts erschüttern kann. Gegebenheiten, die andere stark belasten, lösen bei mir nichts aus. Ich bin beileibe kein Psychopath, der Freude am Leid anderer hätte – absolut nicht! Ich bin aber auch kein mittfühlender Mensch. Das Schicksal anderer habe ich stets einfach hingenommen. Nur in seltenen Ausnahmen wie bei besagter junger Frau trifft es mich.

Ich glaube, mein Mitgefühl für andere konnte sich über die letzten Jahre ein wenig entfalten. Dennoch kann ich wirkliche Trauer bis heute nur verspüren, wenn es um Juliana geht. Vielleicht eigne ich mich deshalb besonders gut für Tätigkeiten, die anderen schwerfallen.

Ich arbeitete in 2010 kurzzeitig sogar auf einem Friedhof. Dort hob ich Gräber aus, kletterte am frühen Morgen vor der Beerdigung ins Grab, um die letzten Feinarbeiten vorzunehmen, oder stieg nach der Beerdigung auf den Sarg, um den »Verbau« zu entfernen. Allerdings bat ich den Friedhofsvorsteher, mich nicht zu Kindergräbern zu schicken, was er auch nie tat.

Ich erklärte es ihm damit, dass ich selbst Kinder habe und es deswegen nicht ertragen könne. Und so sah ich es damals auch. Heute weiß ich, dass ich mir und meinem Umfeld etwas vormachte.

# Der stille Hügel

*Welcome to Hell*

Wie sehr mich Juliana und unsere Geschichte beeinflusst hat, war mir lange Zeit nicht bewusst

Seitdem ich einen C64 besessen hatte, spiele ich leidenschaftlich Computerspiele, vor allem Strategie- und Aufbauspiele. So spielte ich SimCity oder Siedler im friedlichen Modus. Für Geschicklichkeitsspiele war ich schon immer zu ungeschickt und Spiele, bei denen man kämpfen musste und sterben konnte, sind eigentlich nicht meine Welt.

Im Jahr 1999 kam es dennoch dazu, dass ich bei einem Freund ein ganz bestimmtes Spiel sah, ein Horror-Survival-Adventure. Dieses Spiel hatte es mir angetan. Es ging um einen Mann, der in einer düsteren und unwirklichen Stadt, in der es von blutrünstigen Monstern wimmelte, seine kleine Tochter sucht. Ich kaufte mir extra für dieses Spiel eine Playstation 1 und spielte es Dutzende Male durch.

Nicht nur, dass ich gegenwärtig vorhabe, mir zwei Symbole aus dem Spiel auf die Schulter tätowieren zu lassen. Ich habe im Jahr 2000 sogar meine Tochter nach dem Mädchen aus diesem Spiel benannt. Es ist genau diese albtraumhafte Szenerie, die mich so fasziniert: Der Spieler, der in einer aussichtslosen Situation nach diesem kleinen Mädchen sucht.

Wenn ich an den 31.12.1986 zurückdenke, an meine damaligen Hoffnungen und innigen Wünsche, an meine Ideen über die Zukunft, war es meine Geschichte. Ich bin der, der alles daransetzt, dieses über alles geliebte Mädchen zu finden und zu retten. Egal, wie aussichtslos die Sache erscheint, egal, wie gefährlich es für ihn wird. Es ist das obsessive Ziel, das Unmögliche möglich zu machen, ohne Rücksicht auf sich selbst, und auf dem Weg niemals aufzugeben.

# Schule hin, Schule her

Heute Abend, beim Baden, fiel es mir plötzlich wieder ein.

Der Tag meiner Einschulung.

Ich spreche nicht von der Feier, sondern von dem, was danach geschah. Wir waren anschließend bei der besten Freundin meiner Mutter, die zu dieser Zeit mit ihrer Tochter gegenüber der Schule wohnte. Ich packte dort meine Schultüte aus.

Besagte Tochter hatte mir vor einigen Wochen eine Freundschaftsanfrage auf Facebook gesendet.

Und nun grübelte ich darüber, ob sie Belana gekannt haben könnte. Ich schrieb sie also an, fragte nach der Schule und ob sie eine Belana kenne. Es war einen Versuch wert. Ich schrieb noch einige Zeit mit ihr und wir tauschten Kindheitserinnerungen aus. Auch wenn wir uns sowohl als Kinder als auch als Erwachsene nur selten gesehen hatten, kannten wir Details aus dem Leben des anderen und verstanden einander.

An diesem Abend musste ich dann aber auch daran denken, dass es unsere eigentliche Schule ja gar nicht mehr gab. Sie ist von der städtischen Schule übergenommen worden.

Diese Schule trägt nun einfach den Namen der Straße, in deren Nähe sie sich befindet – einfallsloser geht es meiner Meinung nach nicht.

An diesem Abend kam mir das erste Mal die Idee, für eine Umbenennung der Schule einzutreten, auch wenn Juliana, Belana und ich die katholische Grundschule besucht hatten und auch Jan und Marcel auf diese gegangen wären, wenn es diesen 31.12.1986 nicht gegeben hätte. Die städtische Schule soll meiner Meinung nach die Namen von Juliana und ihren Geschwistern tragen.

Aber wie stelle ich das an? Ist das Geschehene ausreichend für eine Umbenennung, oder bin ich vielleicht der Einzige, den dies alles noch interessiert?

Die Tragödie war für unsere Siedlung und die ganze Stadt ein heftiger Schlag gewesen. Die Stadt habe gar alle Kosten für die Beerdigung und das Grab übernommen, wie man immer wieder hörte.

Dennoch: Wie stelle ich es an? Mein Vorhaben braucht Zeit und muss wohlüberlegt sein. Und sollte es nicht gelingen, so habe ich es wenigstens versucht. Aber an ein Scheitern der Umbenennung, so wahrscheinlich es mir momentan auch vorkommen mag, möchte ich nicht denken.

Zu Beginn meiner schriftstellerischen Reise war es mir noch ausschließlich um mich und meine Vergangenheitsbewältigung gegangen. Doch mittlerweile möchte ich mehr. Ich möchte das Gedenken an Juliana und ihre Geschwister bewahren. Eine Umbenennung der Schule würde sie, wie auf einer der Grabkerzen geschrieben stand, *für immer unvergessen* machen. Das soll also mein Ziel sein.

Die Fahrt zur Arbeit am nächsten Tag fühlte sich merkwürdig an. Ich vermochte meine Gedanken noch nicht recht zu sortieren.

Aus dem Radio erschallte ein Lied, das schon lange Teil meiner Playlist war. Ich drehte die Laustärke hoch, und dann traf mich eine Erkenntnis, die erst durch die Kombination aus den Ereignissen des zurückliegenden Abends und diesem Song möglich geworden war: Auch diesen

Song kannte ich bereits aus meiner Kindheit, auch er hatte mich einst gequält.

Ich verstand mit einem Mal, warum all diese Erinnerungen zu mir zurückkehrten. Warum ich jetzt zu all diesen Erkenntnissen über mich selbst und die Tragödie kam.

Erstmals beschäftigte ich mich proaktiv mit der Vergangenheit. Ich ließ meine Gedanken an den schrecklichen Brand zu, auch meine Emotionen. Das Schreiben dieses Buches trug seinen Teil dazu bei. Und so ist der Knoten der Verdrängung geplatzt, können die angestauten Gedanken und Erinnerungen fließen.

Ich hatte endlich ihr Grab besucht. Hatte angefangen, die Vergangenheit aufzuarbeiten, statt vor ihr davonzulaufen.

Ich fühlte in diesem Augenblick … Glück. Ja, Glück. Recht zufrieden legte ich den Weg ins Büro zurück. Ich stieg in den Aufzug, hielt meinen Chip vor das Lesegerät, um meine Zieletage freizuschalten, und drückte auf die *18*. Das blaue Licht leuchtete auf, die Türen schlossen sich und der Aufzug fuhr hinauf.

Oben angekommen, öffneten sich die Türen allerdings nicht, und ehe ich mich versah, fuhr ich wieder hinunter. Ich hielt also erneut meinen Chip vor das Lesegerät, drückte erneut die *18*. Es stieg noch jemand für die 16. Etage ein und wir fuhren gemeinsam hoch.

Auf der 16. Etage angekommen, entschied ich mich dazu, vorsichtshalber mit auszusteigen und das Treppenhaus hoch in die 18 zu nehmen. Da im Treppenhaus Umbauarbeiten stattfanden, lief dort ein Radio. Ich passierte die Arbeiten, und mit einem Mal erklang Juliane Werdings *Am Tag, als Conny Kramer starb*.

Oben angekommen, öffnete ich die Tür, hielt dann aber inne. Einem Impuls folgend, drehte ich mich um und brüllte: »Wollen mich heute eigentlich alle verarschen?«

Ja. Ich werde versuchen, eine Umbenennung der Schule zu erwirken.

# Benutzungs- und Entgeltordnung

Ich fragte mich immer schon, ob Juliana eigentlich jünger oder älter war als ich. Aber woher diese Informationen nehmen? Meine Erinnerungen liefern mir jedenfalls keine Antworten.

Mir fiel ein, dass nach dem Tod persönliche Daten nach einer gewissen Frist veröffentlicht werden. Sterbeangelegenheiten gehören zum Zuständigkeitsbereich des Standesamts, das wusste ich bereits durch meine Arbeit.

Auf der Webseite der Stadt fand ich heraus, dass Sterbeurkunden nach 30 Jahren ans Stadtarchiv übergeben werden. Und genau jenes Archiv legte mir eine Hürde in den Weg. Auf Grund der Corona-Maßnahmen musste man einen Termin vereinbaren, wobei das wissenschaftliche Interesse darzulegen war.

Ist persönliche Vergangenheitsbewältigung wissenschaftliches Interesse? Bekomme ich als Privatperson überhaupt diese Auskunft?

Dies und die Tatsache, dass ich einer wildfremden Person einen Einblick in meine Vergangenheit geben müsste, stellten sich selbst ein gutes Dreivierteljahr später noch als unüberwindbar für mich heraus. Doch dachte ich immer wieder über mein Vorhaben im Archiv nach, denn ich brauchte diese Information – ihr Geburtsdatum – für meinen Frieden. Und auch für ein weiteres Tattoo, das ich plane, um diese Sache für mich zum Abschluss zu bringen. Um einen ehren- und respektvollen Umgang mit meinen Erinnerungen und meinem Schmerz zu finden. Juliana und das, was uns verband, war zu groß, zu gewaltig, zu wichtig für mich, als dass ich weiter zulassen konnte, davor davonzulaufen. Schließlich war sie meine große Liebe und wird es immer bleiben und so muss und werde ich sie in Ehren halten.

Das geplante Tattoo ist etwas Dauerhaftes, etwas, das jeder sehen kann, denn es soll auf den rechten Unterarm. Es soll genau dorthin, damit auch ich es jederzeit sehen und mich erinnern kann … jederzeit ihrer gedenken kann. Meine größte Angst ist nun das Vergessen. Das schmerzhafte Verdrängen habe ich hinter mir gelassen, nun möchte ich nicht in gleichgültiges Vergessen hineinrutschen. Ich werde nun alles dafür tun, um mich für den Rest meines Lebens zu erinnern.

Letzten Freitag hatte ich mir wieder einmal vorgenommen, dem Stadtarchiv zu schreiben. Zunächst aber lenkte ich mich mit Musikhören ab. So surfte ich wieder die Seite der Stadt an, schaute mich im Bereich des Standesamtes um. Zum ersten Mal las ich einen Hinweis, dass auch Privatpersonen Informationen bekommen konnten. Warum hatte ich das beim ersten Mal übersehen?

Ich entdeckte die Benutzungs- und Entgeltordnung und rief sie auf.

Und ich las: generelle Schutzfrist 30 Jahre. Personenbezogenes Archivgut zehn Jahre nach dem Tod. Ich hatte plötzlich eine realistische Chance, ihr Geburtsdatum zu erfahren. Ich wurde nervös. War es wirklich so einfach? Und ich all die Monate nur zu einfältig gewesen, um es zu merken? Mir blieb nunmehr nichts anderes übrig, als Mut zu fassen und es herauszufinden. Ich hatte bereits die Telefonnummer und die E-Mail-Adresse gesehen. Also anrufen oder schreiben …

Ich setzte mich, studierte erneut die Kontaktdaten. Wer weiß, wann ich eine Antwort erhalten würde, wenn ich eine E-Mail schrieb. Also Anrufen? Schreiben? Anrufen? Ich ging eine rauchen, kehrte zurück, setzte mich, starrte wieder auf die Kontaktdaten auf dem Display.

Ich griff zum Telefon. Ich wählte.

Ich hörte eine Frauenstimme am anderen Ende. Sie meldete sich mit »Stadtarchiv«, ihren Namen verstand ich nicht. Ich begrüßte sie und berichtete direkt, dass ich mich kurz und allgemein halten wolle. Ich würde die Sterbeurkunde einer ehemaligen Mitschülerin suchen, von der ich nur wisse, wie sie heiße, dass sie wie ich im Jahr 1978 geboren und am 31.12.1986 verstorben sei. Ich hätte bereits gelesen, dass diese Informationen nach 30 Jahren ans Stadtarchiv übermittelt würden und ich nunmehr gerne wissen wolle, wie gerade unter Coronabedingungen der Ablauf sei. Die Dame am anderen Ende fragte mich nochmal freundlich nach Julianas Todestag, und dann nach ihrem Namen. Da war es also. Ich musste nun einer fremden Person Julianas Namen nennen, den vollständigen. Ich atmete tief durch und nannte ihn.

Die Dame tippte kurz und meinte dann, sie würde die Urkunde suchen und sich wieder bei mir melden.

»Soll ich Ihnen meine Telefonnummer geben?«

»Die habe ich bereits notiert.«

Ich verabschiedete mich und legte auf.

Sollte es das gewesen sein? Sollte es wirklich so einfach gewesen sein?

Jetzt saß ich auf glühenden Kohlen.

Es vergingen vielleicht 15 Minuten, bis mein Telefon klingelte. Ich erkannte das Stadtarchiv bereits an der Vorwahl.

Die Dame am anderen Ende meldete sich wieder mit »Stadtarchiv«, auch dieses Mal verstand ich ihren Namen nicht. Sie fragte knapp: »Sie hatten nach der Sterbeurkunde von Frau Volkmann, Juliana gefragt?«

Mir stockte der Atem. Frau … das klang komisch, aber es war richtig.

Hektisch antwortete ich: »Ja.«

Die Dame teilte mir mit, dass sie die Urkunde gefunden habe und mir per Post eine Kopie zusenden könne. Ich glaube, mein Herz setzte ich diesem Moment einen Schlag aus. Ich hatte es geschafft, würde Julianas Sterbeurkunde bekommen. Was ich in diesem Moment alles empfand, vermag ich gar nicht zu beschreiben, aber Erleichterung war auf jeden Fall dabei. Die Dame vom Stadtarchiv klärte mich noch auf, dass ich 12,00 Euro zu zahlen habe. Ich hatte ja die Gebührenordnung ausgiebig studiert und eigentlich gedacht, es kostet 15,50 €. Selbst wenn es 50,00 Euro gewesen wären, ich hätte es bereitwillig gezahlt. Ich gab noch meine Adresse durch, dann war es geschafft.

Julianas Sterbeurkunde befand sich auf dem Weg zu mir. Jetzt musste es raus, es musste jemandem erzählt werden. Meiner Frau konnte ich es aber zunächst nicht erzählen. Es war mir immer noch unangenehm, mit ihr darüber zu sprechen. Dennoch … ich musste es ihr bald sagen. Schließlich war der Brief auf dem Weg zu uns.

Nichtsdestotrotz musste es **jetzt** raus. Dass ich es zwei Freundinnen und meiner Schwester kurz geschrieben hatte, reichte nicht.

Also rief ich meine beste Freundin Susanne an. Wir redeten gut 45 Minuten darüber. Es war erzählt.

Nun musste ich es nur noch meiner Frau beibringen. Bis zum Abend sprach ich es nicht an. Ich war schließlich im Bahnhof unterwegs, um Tabak zu kaufen, als meine Frau anrief. Sie befand sich auf dem Heimweg vom Arzt und von ihrer Mutter und bot an, mich einzusammeln.

Kurz darauf stieg ich zu ihr ins Auto, doch brachte ich es während der Autofahrt nicht über mich, es ihr zu sagen. Ich wartete also, bis wir zu Hause waren, bis meine Tochter in ihr Zimmer verschwunden war, wartete auch noch, bis meine Frau mit den Hunden zurück war. Ich bat sie, sich zu setzen, da ich ihr etwas sagen müsse. Dann erzählte ich ihr, was ich getan hatte und was nun kommen würde. Ich wartete auf eine Reaktion, als mein Handy klingelte. Genau in diesem Augenblick rief eine Kollegin an mit einer dringenden dienstlichen Frage! Meine Frau verschwand wortlos ins Badezimmer, während ich telefonierte. Irgendwie war es eine komische Situation.

Ich möchte ihr nicht weh tun. Ich weiß, dass meine Bürde längst auch zu ihrer geworden ist.

Ich ließ die Sache dabei bewenden, versuchte mich »normal« zu verhalten. Nach kurzer Zeit normalisierte sich unsere Beziehung erstmal wieder.

# Die Post ist da

Die Sterbeurkunde kam heute mit der Post. Ich fischte sie aus dem Briefkasten, nachdem meine Frau ins Büro gefahren war. Ich legte den Brief zuerst auf mein Notebook und starrte ihn an. Sobald ich ihn öffnen würde, hätte ich alle Informationen nicht nur schwarz auf weiß, sondern amtlich. Das gilt auch für die für Außenstehende so banal erscheinende Auskunft, dass sie tot war. Eine amtliche Sterbeurkunde ist da eindeutig.

In der linken oberen Ecke prangte das Logo der Stadt und darunter, mit Kugelschreiber geschrieben, die Dezernatsnummer des Stadtarchivs. Mein Ruhepuls lag bei 90 – im Grunde normal – dennoch fühlte sich mein Herzschlag flatterig an. Ich goss mir erstmal einen Whisky ein und trank ihn auf ex. Das half auch nicht.

Minuten zogen ins Land, in denen ich den Brief anglotzte. Letztlich goss ich mir noch einen ein, trank in Ruhe und hielt den Brief dann wieder in der Hand, drehte ihn hin und her. Eine Todesbescheinigung hatte ich dienstlich schon etliche Male gesehen und auch schon selbst ausgefüllt, aber eine Sterbeurkunde kannte ich nur von dem Vordruck aus meinem Familienstammbuch. Ich wusste also, was mich erwartete, aber vor den ausgefüllten Stellen verspürte ich eine tierische Angst.

Es blieb mir nichts anderes übrig; ich musste ihn öffnen. Ich schlich zum Messerblock, zog ein scharfes Messer und ritzte den Umschlag auf. Ich holte die Dokumente heraus, las kurz das Anschreiben und legte es wie den

Überweisungsträger zur Seite. Nun hielt ich sie in der Hand: Julianas Sterbeurkunde. Ich holte tief Luft und begann zu lesen.

Ihr Name … ja, es war ihre Sterbekunde. Jetzt gab es keinen Zweifel mehr. Die Adresse … ich kannte die Straße, aber an die Hausnummer erinnerte ich mich nicht mehr.

Minutenlang starrte ich auf das Dokument, las es wieder und wieder.

Ich kenne nun ihr Geburtsdatum. Juliana war auf den Tag genau zehn Wochen jünger als ich. Nun hatte ich alles amtlich, musste mich damit auseinandersetzen, es dieses Mal endgültig akzeptieren.

Juliana war tot.

Ich wusste ganz genau, wo es passiert war. Aber es war schlimm für mich, den genauen Todeszeitpunkt zu erfahren. Sie war nach den Löscharbeiten gefunden worden, somit konnte nur eine Zeitspanne abgeschätzt werden. Und dann fiel mir ein, dass ich ihren Todeszeitpunkt bereits als Kind gekannt hatte. Ich hatte zu diesem Zeitpunkt nicht geschlafen, sondern mit meiner Oma beim Frühstück gesessen.

Ich hatte mir damals bereits die Frage gestellt, warum ich dort gesessen hatte. Wenn ich ein komisches Gefühl bekommen hätte und früh genug zu ihrem Haus gelaufen wäre, hätte ich das Feuer im Wohnzimmer rechtzeitig sehen können. Ich hätte vor die Tür schlagen und schreien können und somit Schlimmeres verhindern können. Oder? Ich stelle mir diese Frage nun wieder, obwohl ich es besser weiß.

Ganz unten auf dem Dokument befand sich eine weitere spannende Information. Bis man selbst heiratet, führt einen das Standesamt nämlich im Familienbuch der Eltern. Entsprechend erfuhr ich den Mädchennamen ihrer Mutter ebenso wie das Jahr der Hochzeit der Eltern: 1976.

Einige Wochen zuvor war ich auf Hinweise auf einen Mann gestoßen, der ihr Vater sein könnte. Nun wusste ich, dass er es nicht war.

Und noch etwas fiel mir durch die Sterbeurkunde wie Schuppen von den Augen: Meine Mutter schaut gelegentlich auf andere Familien herab, vor allem auf solche mit mehreren Kindern. Vielleicht trug diese Charaktereigenschaft von ihr dazu bei, dass ich ihr damals nichts von Juliana und mir erzählt hatte.

Ich trank noch einen dritten Whisky, schließlich musste ich verarbeiten, was ich gelesen hatte und was mir alles bewusst geworden war.

Ich saß den ganzen Abend über im Wohnzimmer und sah mir die Sterbeurkunde immer wieder an. Irgendwann raffte ich mich auf, steckte sie in eine Klarsichtfolie und heftete ich sie in den Ordner zu meinen Zeugnissen. Danach suchte ich meine Geburtsurkunde heraus. Ich knickte sie unten etwas ein, sodass, wenn ich sie vor ihre Sterbeurkunde heftete, Julianas Geburtsdatum zu sehen war.

# Das Legat – das Ehrengrab

Es war Samstag, ich wollte zu meiner Schwester fahren, hatte mich verabredet. Außerdem konnte ich auf diese Weise nochmal ihr Grab besuchen, ohne meine Frau damit konfrontieren zu müssen. Mein letzter Besuch – zusammen mit Susanne – lag bestimmt schon acht Wochen zurück und nach dieser Zeit bohrte es in meinem Kopf. Wenn ich auch noch nicht verstehe, warum dies so ist, so verspüre ich einen inneren Drang, wenn ich länger nicht dort gewesen bin. Auch wird mein Begehren stärker, etwas an ihrem Grab niederzulegen.

Wenn früher jemand sagte, dass ein Verstobener im Herzen immer noch bei einem sei, so habe ich diesen Kalenderspruch immer als nett gemeinte, tröstende Geste aufgefasst. Ich habe mir aber nicht vorstellen können, dass die Essenz dieses Spruchs tatsächlich zutreffen kann. Auch wenn Juliana schon so lange Zeit nicht mehr hier ist, so ist sie dennoch die ganze Zeit bei mir. Seit damals hat sich das nicht geändert. So empfinde ich, wenn ich heute an sie denke, immer noch wie damals.

Ich fuhr also zunächst zu meiner Schwester, trank einen Kaffee und sah nach meiner Rose, die ich dort zwischenlagerte.

Ich hatte mir überlegt, noch einen kleinen Strauß Blumen zu holen, aber erst einmal wollte ich zum Grab; ich wollte sehen, was sich in der Zwischenzeit verändert hatte.

Langsam kehrte auf dem Friedhof der Frühling ein. Das alte Herbstgesteck, in dem zuletzt auch mein kleiner Schornsteinfeger gesteckt hatte, war verschwunden. Dafür zierte ein hübsches Ostergesteck und zwei Tulpensträuße das Grab. Der eine war etwas älter und mit Grün durchsetzt, der andere bestand ausschließlich aus leuchtenden Tulpen. Ein schöner Anblick.

Die kleinen Grabsteine mit den Namen sahen allerdings nicht so berauschend aus, auf Julianas und Jans klebte frischer Vogelkot. Ich griff also zu meinen Taschentüchern und säuberte sie. Auch entfernte ich Ästchen und Erdklumpen, die zwischen den Buchstaben hingen.

Ich sah noch einmal über das Grab und ging zur Friedhofsgärtnerei, die an diesem Tag geöffnet hatte. Ich erklärte, dass ich eine Grabvase und einen kleinen, angemessenen Strauß bräuchte. Ich erklärte ferner, dass es sich um das Grab einer Achtjährigen handele und ich zu ihren Lebzeiten ihr Freund gewesen sei. Dieser Umstand solle sich im Strauß widerspiegeln, ohne zu aufdringlich zu sein.

Ich wünsche mir mittlerweile sehnlichst, eines Tages einen Verwandten an ihrem Grab anzutreffen. Und ich erhoffe mir, erstmals auf Akzeptanz in ihrer Familie zu stoßen.

Die Floristin suchte rosafarbene Rosen aus, die für eine zarte, unschuldige Liebe stehen. Vor allem waren sie wunderschön. Sie nahm noch ein wenig Grün dazu und wickelte einen schönen, angemessenen Strauß mit fünf Rosen.

Ich bat sie schließlich um einen Filzstift, um die Vase mit meinen Initialen markieren zu können.

Die Floristin bemerkte beiläufig, dass es schon komisch sei, wie das Leben so spiele … dass man plötzlich, nach so vielen Jahren, an einem Grab stehe, welches man zuvor nie besucht habe.

Ich sprach hier zum ersten Mal etwas ausführlicher mit einer mir völlig fremden Person über diese Sache.

Wir kamen auf die 34 Jahre zu sprechen. Sie wunderte sich, dass das Grab noch existierte. Ich erzählte ihr von den Gerüchten, dass die Beerdigung und das Grab aufgrund der großen Tragödie von der Stadt übernommen worden seien. Sie konnte dazu nichts sagen, fragte aber ihre Kollegin, die bestätigte, dass es sich bei dem Grab durchaus um ein Legat handeln könne.

Ein Legat wird von der Stadt in der Regel für Würdenträger angelegt, aber auch bei besonders erhaltenswerten Gräbern und großen Tragödien. Und der Begriff »Ehrengrab« für das Grab von Juliana und ihren Geschwistern klang gut und richtig in meinen Ohren. Ich ging also wieder zum Grab, platzierte meine Rosen links neben den anderen Blumen und blieb noch eine Weile stehen.

Auf dem Heimweg spielte mir das Radio wieder einen Streich. Ich wollte gerade die Autobahn wechseln und dachte darüber nach, ob jemand auf meine Hinterlassenschaften reagieren würde. Ich überlegte (oder hoffte?), dass es ihre Mutter seine könnte, die Kontakt suchte. Ich grübelte, wie das ablaufen würde, als das Radio plötzlich *Heaven for Everyone* von Queen spielte. Für mich klang das Lied in diesem Moment wie: »Danke für die Blumen … danke, dass du mich besucht hast.«

# Das Rad des Lebens

Alles hat ein Ende und das Ende stellt gleichzeitig einen neuen Anfang dar. Das bedeutet auch, das alles und jeder am Ende dort wieder hinkommt, wo es oder er herstammt.

So passierte es mir vor wenigen Wochen. Ich war zu Besuch bei meiner Schwester, natürlich war ich zuvor auf dem Friedhof gewesen und hatte neue Blumen ans Grab gestellt.

Ich stand auf dem Balkon, als meine Schwester meinte, dass sie noch etwas für mich habe. Nichts, wonach ich suchen würde, aber bestimmt wolle ich es trotzdem haben.

Sie hielt mir ein Foto unter die Nase. Ich erschrak.

Nicht, wonach ich suchte?

Ich sah unten rechts auf dem Bild den kleinen blonden Jungen, der ganz dicht neben einem ebenso kleinen Mädchen hockte. Das war das Bild, das ich immer im Kopf hatte, wenn ich an Juliana denke, all die Jahre lang. Nur war es nicht in der Schule entstanden, wie ich bisher geglaubt hatte, sondern bereits im Kindergarten. Es handelte sich um das Kindergartenabschlussfoto! Ich hielt also den Beleg für meine Vermutung in Händen, Juliana bereits aus dem Kindergarten zu kennen. Auf dem Foto saßen wir beide ganz dicht beieinander, während zu dem Jungen rechts von mir eine deutliche Lücke klaffte. Ich war für das Bild an Juliana herangerückt, wollte ihr nahe sein.

Jetzt bestand für mich kein Zweifel mehr …

Ich war mittags oft zur anderen Gruppe gelaufen, um zu sehen, ob Juliana noch da war. Und ich weiß auch wieder, dass sie mit der Zeit immer öfter mittags im Kindergarten war, wohl, weil sie ihre Eltern darum bat. Ich entsinne mich, sie zu rufen, wenn sie gehen wollte und ich noch nicht fertig war. Ich bettelte meine Mutter bei jedem Wetter an, zurück in den Kindergarten zu gehen, wenn Julianas Mutter uns auf dem Weg nach Hause entgegengekommen war. Rückblickend denke ich, waren wir damals schon ein Paar, hatten uns damals schon ineinander verliebt, wussten es nur nicht. Wir wussten, dass man, wenn man groß ist, heiraten und Kinder bekommen kann. Aber wir pflegten natürlich nur eine sehr kindliche und vereinfachte Vorstellung von solchen Dingen.

Es muss an einem Nachmittag, an dem die linke Kindergartengruppe geöffnet hatte, gewesen sein, als ich Juliana kennenlernte. Ich saß mit einem Blatt Papier am großen Tisch in der Mitte, vor mir eine rote Schale mit Bundstiften. Mir gegenüber saß ein Mädchen mit blonden, fast schulterlangen Haaren.

Sie stellte sich mir als Juliana vor und fragte mich, ob sie einen Stift aus meiner Schale haben dürfe, denn dieser würde bei ihr fehlen und sie wolle mit dieser Farbe malen. Ich stimmte zu. Sagte ihr, sie könne ihn sich leihen, dass ich ihn aber zurückbekommen müsse, sobald ich selbst damit malen wollte.

Juliana nahm den Stift mit dem Versprechen, ihn mir anschließend wiederzugeben.

Noch während sie mit dem Stift malte, fragte sie, ob wir die Stifte nicht generell teilen wollen würden, denn dann könne jeder jede Farbe nach Belieben benutzen. Als ich zustimmte, drehte sie die Schale um 90 Grad, sodass wir beide problemlos hineingreifen konnten.

Nachdem wir unsere Kunstwerke fertiggestellt hatten, liefen wir zusammen in den Hof und spielten dort miteinander, bis wir abgeholt wurden … und zum ersten Mal gemeinsam nach Hause gingen. Dies war also der Tag, mit dem alles begann, an dem wir uns kennenlernten und ineinander verliebten, ohne zu wissen, dass es so war und was das bedeutete.

Und so kann ich heute, wenn ich über Juliana spreche, stolz von meiner großen Liebe aus dem Kindergarten berichten, auch wenn sich »Kindergarten« ein wenig bedeutungslos anhören mag. Es war jedoch alles, nur nicht bedeutungslos. Ich kann nun über Juliana sprechen. Mit Bekannten. Mit Fremden. Sie ist ein Teil von mir.

Mittlerweile ist es Ende Dezember, ich wollte eigentlich lange fertig sein mit dem Schreiben dieses Buches. Aber nun habe ich einen Zeitungsartikel in die Finger bekommen, den ich lange gesucht und lange nicht gefunden hatte.

Es war schrecklich ihn zu lesen. Nicht nur war ein Foto vom Unglücksort abgedruckt, das meinen eigenen Erinnerungsapparat befeuerte, auch musste ich lesen, dass die Rettungskräfte einen der Jungen erst in den Mittagsstunden gefunden hatten. Dazu ein Bild, das den Bestatter und seine Helfer zeigte, wie sie einen Sarg aus dem Haus trugen. Und mir fiel ein, dass ich diesen Zeitungsartikel bereits als Kind gelesen und die zugehörigen Bilder gesehen hatte. Die Zeitung hatte bei meiner Oma im Esszimmer ausgelegen. In einem ruhigen Moment, in dem ich allein gewesen war, hatte ich ihn mir geschnappt. Das Lesen des Artikels stellte damals wie dieser Tage eine Kraftprobe für mich dar, die ich bewältigte.

Durch den Zeitungsartikel vervollständigte sich mein Bild vom Unglück weiter beziehungsweise wurden einige Details korrigiert, die ich offenbar falsch in Erinnerung gehabt hatte. So war ich immer der Meinung, dass das Feuer im Wohnzimmer ausgebrochen sei, weil man die Jungen dort gefunden hatte. Laut dem Artikel war das Feuer allerdings im Zimmer der Jungen ausgebrochen, was durch ein Bild aus dem ausgebrannten Haus untermauert wurde. Auch nahm man es damals mit dem Datenschutz nicht so genau; so erfuhr ich aus dem Artikel nicht nur die Namen der Eltern, sondern auch Alter, Arbeitgeber, Beruf und die Adresse waren abgedruckt – aus heutiger Sicht undenkbar.

Immerhin halfen mir diese Informationen ein Stück weiter; so überlegte ich bereits, seitdem ich Julianas Sterbeurkunde angefordert hatte, ob ich die ihrer Geschwister nicht auch noch anfordern sollte, um ihre Geburtsdaten zu erfahren und genau zu wissen, wie alt sie gewesen waren. Der Zeitungsartikel nahm mir diese Entscheidung ab und präsentierte mir, was ich wissen wollte.

Am schlimmsten war für mich die Erkenntnis, dass die Rettungskräfte die Mädchen nicht in ihrem Zimmer, sondern im Dachgeschoss gefunden hatten. Sie lagen dort eng umschlugen; hatten sich in ihren letzten Minuten so fest sie konnten aneinandergeklammert.

Ebenfalls stand im Artikel, dass die Eltern über das Dachgeschoss aufs Dach hätten entkommen können, ehe sie in den Vorgarten spträngen. Das wirbelt in mir erneut die Frage nach einer Mitschuld der Eltern auf. Immerhin hatten sie und die Mädchen sich im selben Raum aufgehalten. Oder liefen die Mädchen erst später nach oben?

Warum hatten die Eltern nicht eine Minute länger gewartet? Ihre Kinder nicht mitgenommen? Ich weiß, dass es als Außenstehender leicht ist, solche vorwurfsvollen Fragen zu stellen. Aber sie gehen mir nicht mehr aus dem Kopf.

Der Zeitungsartikel erklärte auch noch einmal, warum so viele Gerüchte aufkommen konnten. So hieß es dort bereits am zweiten Januar, dass selbst die Feuerwehr sich nicht erklären könne, wie sich der Brand so schnell hatte ausbreiten können. Immerhin seien sie bereits vier Minuten nach der Alarmierung vor Ort gewesen. Aber nun gut, es hatte mit Sicherheit einige Zeit gedauert, bis das Feuer von den Nachbarn entdeckt und die Feuerwehr informiert worden war und schließlich sprechen wir von einem alten Haus mit Holzdecken und – wie damals üblich – vielen leicht entzündlichen Einrichtungsgegenständen. Da kann sich ein Feuer schnell ausbreiten, auch ohne menschliches Zutun.

# Zebrastreifenpferde

Die Abschlusskinder des Kindergartens unternahmen damals immer einen Ausflug in den Zoo.

An diesem Ausflug nahmen auch Juliana und ich teil, meine Mutter war als Begleiterin mit von der Partie.

Juliana rannte plötzlich zum Gehege der Zebras und rief: »Guckt mal, da sind die Zebrastreifenpferde!«

Meine Mutter erzählte diese Geschichte noch gerne, als ich schon elf war – damals wollte ich weder die Geschichte noch Julianas Wortneuschöpfung hören. Heute bin ich froh über diesen Erinnerungsfetzen aus meiner gemeinsamen Zeit mit Juliana.

# Das Ende ist der Anfang

Heute ist der Tag, an dem ich zum Ende kommen muss, auch wenn es mir nicht leichtfällt und es für mich wohl nie ein richtiges Ende geben wird. Mit diesem Teil der Aufarbeitung muss ich nun jedoch abschließen.

Ich habe die schmerzhaftesten Erinnerungen meines Lebens zugelassen, aber auch die mit Abstand schönsten. Habe geweint wie seit meiner Kindheit nicht mehr, habe aber auch in wundervollen Rückblenden gebadet. Ich habe geliebt und wurde geliebt wie kaum ein anderer Mensch, und das macht mich auch nach allem, was geschehen ist, zum glücklichsten kleinen Jungen dieses großen Universums.

Nun aber brauche ich eine Pause. Ich gebe nicht auf, ich habe schließlich noch viel vor. Letztlich bin ich auch noch nicht wieder am Anfang angelangt; bin noch nicht dort, wo alles begann. Aber da möchte ich wieder hin. Jetzt aber ist es an der Zeit, Luft zu holen und wieder zu Kräften zu kommen, ehe ich weitermachen kann.

Warum bin ich mir eigentlich so sicher, dass unsere Liebe bis heute gehalten hätte, wenn es den 31.12.1986 nicht gegeben hätte?

Die nächsten Jahre in der Grundschule hätte es keinen Grund für uns gegeben, etwas zu ändern, und so wären wir wohl gemeinsam ins fünfte Schuljahr gekommen. Ich hätte die Lust an der Schule nicht gänzlich verloren, und Juliana hätte mich sicherlich unterstützt. So wären wir wahrscheinlich nicht nur auf dieselbe Schule, sondern auch in dieselbe Klasse gekommen. Zu dieser Zeit hätten wir längst das gehabt, womit andere erst zaghaft anfingen. Wir hätten gemeinsame Interessen und Verhaltensweisen entwickelt, hätten die des anderen übernommen und zu unseren eigenen gemacht.

Wir hätten eine Ausbildung gemacht, wären zusammengezogen, hätten geheiratet. Bestimmt hätten wir heute auch Kinder. Und auch in der schwierigen Phase von Mitte 20 bis Anfang 30, in der sich viele Paare, die sich bereits in Jugendzeiten kennengelernt haben, trennen, wäre es bei uns anders gekommen. Ich kann nur spekulieren, aber ich bin mir sicher. Ich fühle es tief in mir.

An dieser Stelle möchte ich nochmals an die Feststellung meiner Oma erinnern, als sie auf ihre nüchterne Art meinte:

*»Die Kleine hatte es dir wirklich angetan.«*

Dieser Aussage gibt es nichts hinzuzufügen. Und so bleibt mir abschließend nur eines zu sagen:

Einst verlor ich eine Träne im tiefen Ozean. Erst, wenn sie gefunden wird, werde ich aufhören, Dich zu lieben.

*ENDE*

# Ihre Zufriedenheit ist unser Ziel!

Liebe Leser, liebe Leserinnen,

hat Ihnen unser Buch gefallen? Haben Sie Anmerkungen für uns? Kritik? Bitte zögern Sie nicht, uns zu schreiben. Wir werden jede Nachricht persönlich lesen und beantworten.

Schreiben Sie uns: info@ek2-publishing.com

Wir würden uns zudem riesig freuen, wenn Sie uns dabei unterstützen, dieses Buch sichtbarer zu machen. Bitte nehmen Sie sich einen Moment Zeit und bewerten Sie es auf Amazon. Viele positive Rezensionen führen dazu, dass das Buch erfolgreich wird und wir für Sie weitere spannende Bücher herausbringen können.

Sie können somit mit wenigen Minuten Zeitaufwand unserem kleinen Familienunternehmen einen großen Gefallen tun. Vielen Dank für Ihre Unterstützung!

PS: In seltenen Fällen kommt ein Buch beschädigt beim Kunden an. Bitte zögern Sie in diesem Fall nicht, uns zu kontaktieren. Selbstverständlich ersetzen wir Ihnen das Buch kostenlos.

**DU eigentlich wundervolle FRAU, fühlst DU DICH auch
so?**

Gestresst, erschöpft, kraftlos und ohnmächtig?

Wir leben in herausfordernden Zeiten. Stress- und leidgeplagt
jagen wir Geld, Erfolg und Bestätigung hinterher, die brutale
Leistungsgesellschaft stets im Nacken. Die Erwartungen an
Dich sind erdrückend und Du fühlst Dich gehetzt, unerfüllt und
ausgelaugt?

Dann lies jetzt *unbedingt* weiter, denn DU BIST EINE GÖTTIN
und verdienst Kraft, Energie, inneren Frieden und Selbstbestim-
mung!

»DU BIST EINE GÖTTIN Positive Affirmationen für starke
Frauen« beinhaltet Deine neuen, energetischen Formeln für
mehr Vertrauen in die Tiefe Deiner wundervollen Weiblichkeit.
Erwecke mit der Macht neuer, positiver Glaubenssätze die Köni-
gin und Göttin in Dir. Erlebe die Transformation zu einer gesun-
den, starken, von sich selbst erfüllten, wahrhaftig liebenden
FRAU.

# ZUCKERFREI VEGAN

## DEN HEISSHUNGER STOPPEN!

Köstliche Leckereien zum Backen, Kochen & mehr, vegan
und mit natürlicher Süße statt Industriezucker

Eine Veröffentlichung der EK-2 Publishing GmbH

Friedensstraße 12
47228 Duisburg
Registergericht: Duisburg
Handelsregisternummer: HRB 30321
Geschäftsführerin: Monika Münstermann

E-Mail: info@ek2-publishing.com
Website: www.ek2-publishing.de



Cover/Umschlag: Tkpalad
Autor: Marc von Midgard
Lektorat: Julia Schoch-Daub & Jill Marc Münstermann
Buchsatz & Korrektorat: Jill Marc Münstermann

1. Auflage, März 2022
ISBN Taschenbuch: 978-3-96403-218-8